O NADADOR
DE AUSCHWITZ

Renaud Leblond

O NADADOR
DE AUSCHWITZ

Tradução de Julia da Rosa Simões

Texto de acordo com a nova ortografia.

Título original: *Le nageur d'Auschwitz*

Tradução: Julia da Rosa Simões
Capa: Ivan Pinheiro Machado
Preparação: Nanashara Behle
Revisão: Mariana Donner da Costa

CIP-Brasil. Catalogação na publicação
Sindicato Nacional dos Editores de Livros, RJ.

L486n

Leblond, Renaud, 1965-
    O nadador de Auschwitz / Renaud Leblond; tradução Julia da Rosa Simões. – 1. ed. – Porto Alegre [RS]: L&PM, 2023.
    240 p. ; 21 cm.

Tradução de: *Le nageur d'Auschwitz*
ISBN 978-65-5666-356-2

    1. Guerra Mundial, 1939-1945 - Ficção. 2. Auschwitz (Campo de concentração) -Ficção. 3. Ficção francesa. I. Simões, Julia da Rosa. II. Título.

23-83171   CDD: 843
                          CDU: 82-311.6(44)

Meri Gleice Rodrigues de Souza - Bibliotecária - CRB-7/6439

Le nageur d'Auschwitz © L'Archipel, 2022

Todos os direitos desta edição reservados a L&PM Editores
Rua Comendador Coruja, 314, loja 9 – Floresta – 90.220-180
Porto Alegre – RS – Brasil / Fone: 51.3225.5777

Pedidos & Depto. Comercial: vendas@lpm.com.br
Fale conosco: info@lpm.com.br
www.lpm.com.br

Impresso no Brasil
Outono de 2023

Este romance é livremente inspirado na história de Alfred Nakache.

Para Alice, Valentine, Nicolas e Pauline

Sumário

Constantina, Argélia, verão de 1928 15
Auschwitz, Província da Silésia, fevereiro de 1944 18
Piscina Sidi M'Cid, maio de 1929 23
Constantina, abril de 1930 27
Paule, julho de 1930 29
Trem Toulouse–Paris, 10 de janeiro de 1944 32
Última etapa antes de Pitchipoi 36
Comboio 66 44
Auschwitz, primeiro dia 48
Setembro de 1931. Às suas marcas, preparar... 54
Sobre a música do Cheikh 58
Maio de 1944. Simulacro. 62
Janeiro de 1933, o grande salto 67
Paule, primavera de 1934 76
O rei da água 80
Abril de 1935. A tentação de Tel Aviv. 84
Auschwitz. No telhado. 86
Dezembro de 1935 89
Paris, março de 1936 91
Berlim, agosto de 1936 94
Dezembro de 1936. A hora do duelo. 98
Outubro de 1937 101
Paris, dezembro de 1937 102
Nariz achatado e olhos astutos 109
Auschwitz. Troca de socos. 116

Paris, junho de 1940..123
Janeiro de 1941...127
Toulouse. Os Golfinhos. 130
Auschwitz. Em nome do irmão. 134
Junho de 1941. Retorno à terra natal. 136
Auschwitz. Nadar mais rápido que a morte. 140
Recorde mundial 146
Auschwitz. Partilha. 150
Verão de 1942...153
Toulouse, 1943 160
Auschwitz, enfermaria 167
Toulouse. 20 de dezembro de 1943. 171
O silêncio de Forain 177
Abril de 1944. *Sport Libre.* 180
Julho de 1944. Braços em cruz..............................184
Outubro de 1944. *L'Écho d'Alger*, Matutino republicano.... 188
Natal de 1944. Auschwitz. 190
Evacuação 193
Pequeno soldado...195
Assim não, Victor... 198
11 de abril de 1945..207
Reatar com o mundo...209
Caderninho 215
A última das últimas 221
Epílogo 223

O que aconteceu com eles?....................................227
Nota do autor 234
Bibliografia 236
Agradecimentos...239

Depois que toca a água, o nadador está sozinho.
CHARLES SPRAWSON, *Héros et nageurs*

Sempre haveria esta memória, esta solidão: esta neve em todos os sóis, esta fumaça em todas as primaveras.
JORGE SEMPRUN, *L'Écriture ou la vie*

O NADADOR
DE AUSCHWITZ

Constantina, Argélia, verão de 1928

Eles não vão fazê-lo entrar na água. Alfred não gosta da água. Ele já disse isso mil vezes. Todos os sábados, repetem o mesmo ritual, a mesma procissão: a família Nakache em peso desce a trilha íngreme que leva à piscina Sidi M'Cid, nas profundas gargantas do Rummel, em Constantina, no leste argelino.

– Eu já disse que não gosto da água, me deixem em paz!
– Diga logo que tem medo. É um frangote! – zomba seu primo Gilbert.

O pior é que ele tem razão. Alfred tem treze anos e o mar o assusta. As piscinas também, mesmo as menos profundas. Ele não sabe de onde vem essa fobia. Sentado à beira d'água, ele se agarra à pequena escada de metal que mergulha na superfície azul. Alfred mal consegue molhar os pés. Enquanto isso, Prosper, seu irmãozinho, vai e vem inúmeras vezes, alternando entre os nados peito e crawl, provocando-o com uma careta diferente a cada virada.

Alfred finge que não o vê, mantém a cabeça voltada para o sol, os olhos semicerrados. Seu pai, David, também não gosta da água. O que ele gosta é de ter toda a família a seu redor. Rose – a madrasta de Alfred, que por acaso é irmã de sua mãe, falecida cedo demais –, a filha Georgette, os filhos, os sobrinhos. Com uma predileção pela hora do piquenique preparado com cuidado por Sarah, a maravilhosa avó que, apesar da miopia feroz e do coração frágil, demonstra uma inventividade incomparável na hora de satisfazer o apetite de toda a tribo.

Todos os sábados, dia de shabbat, ela prepara um banquete: pastel de carne, caviar de beringela, tomates secos mornos do sol e salgados, homus, salada de laranja, *makroud* de tâmaras, bolos de rosas e flor de laranjeira... Eles se acomodam acima da piscina, num recanto sombreado ao abrigo do calor, perto o suficiente para acompanhar o espetáculo dos mergulhos, corpos bronzeados esticados no vazio, e longe o suficiente do barulho para ouvir David contar suas histórias.

De seu trabalho como diretor do Montepio da cidade ele nunca fala. Alfred só sabe que o pai concede empréstimos aos mais necessitados. Quando o assunto é religião, em contrapartida, ele é inesgotável. David é um homem de fé. Muita fé. E faz questão de ensinar a todos os filhos os princípios do judaísmo, os textos sagrados, o Talmude, a Torá.

Alfred tem vergonha de confessar, mas seus longos discursos o entediam um pouco. Ele não enxerga o Deus de que seu pai fala. Onde ele se esconde? E por que, sobretudo, se estivesse velando acima de nossas cabeças, não impediria todas aquelas misérias? Como a da capa do jornal *La Dépêche de Constantine*, com que Rose embala frutas e que por acaso fala do atentado de 22 de janeiro de 1928: uma bomba em pleno mercado, três mortos, dois judeus e um muçulmano, quarenta feridos. Pessoas que faziam suas compras, que estavam de passagem, que não tinham feito nada a ninguém.

No papel amassado do jornal, ele lê, sem entender direito, que se trata de um novo ataque contra o bairro judeu, o Kar Chara, como eles o chamam, um emaranhado anárquico de ruelas milenares na parte baixa da cidade, à beira do rochedo de oitocentos metros de altura, que sobe até o Boulevard de l'Abîme. *O que Deus estava fazendo naquele dia?* Alfred não faz essa pergunta ao pai. Ela o machucaria demais. O que ele gosta de fazer, sentado na borda da piscina, é falar de futebol com Roger, seu irmão caçula. Há dois anos eles seguem as vitórias e derrotas do Club Sportif Constantinois, a equipe mais antiga da Argélia, como se fosse o Real Madrid ou o Red Star, seu clube do coração na metrópole.

O jogador preferido de Alfred no Red é o atacante Paul Nicolas. Em Saint-Ouen, ninguém o iguala na hora de furar uma defesa. Alfred admira sua velocidade, sua potência. Prosper, por sua vez, prefere o goleiro Alex Thépot. Ele diz que Thépot tem molas nos pés. Olhos de gato. E braços que se esticam para buscar a bola do outro lado do gol. Um mágico, não um homem. Se seu primo Gilbert parasse de incomodá-lo com a natação, Alfred gostaria que aquelas conversas inflamadas em Sidi M'Cid não acabassem nunca.

Auschwitz, Província da Silésia, fevereiro de 1944

— Para a água, Nakache! Não nos faça esperar, todo o pessoal está aqui para admirá-lo, meu velho.

O oficial Müller, responsável pelo prédio da enfermaria, em Auschwitz, está exultante. Nakache, recordista mundial nos 200 metros peito, é seu passatempo preferido. Ao lado do boxeador francês Victor Perez, o mais jovem campeão mundial de peso-mosca da história, que todos ali conhecem como Young Perez ou Younkie. Alfred se espreguiça lentamente em seu enxergão, veste o calção de banho e o pijama sob o olhar zombeteiro de Müller e de seus dois acólitos.

— Coloque isso nos ombros, está frio na rua – ele lhe diz, estendendo um cobertor.

Alfred não gosta daquele sorriso debochado cheio de desprezo.

Como na semana anterior, ele se vê de pé, tremendo, na frente de um tanque de água marrom coberta de algas verdes. Esse tanque é um dos três reservatórios de cerca de quinze metros de comprimento por seis de largura espalhados pelo campo para combater incêndios. O frio gela seus ossos, invade seu corpo. Junto com a raiva de estar ali, simples fantoche de seus algozes, joguete patético de oficiais em uniformes impecáveis. Um deles segura um cronômetro; o outro, uma câmera.

O *Obersturmführer* Schwartz, o temível comandante de Auschwitz III, esfrega as mãos de satisfação. Aproximem-se, senhoras e senhores, o espetáculo vai começar!

– Dessa vez, meu pequeno Alfred, queremos que dê tudo de si. Dez piscinas de nado borboleta. Se melhorar seu último tempo, terá direito a um pedaço de carne. Senão, reservamos para você outra de nossas especialidades. Surpresa, meu pequeno Alfred, surpresa...

Alfred imagina a punição: o fim do conforto da enfermaria, retorno ao barracão, ao escuro, ao amontoamento, às sopas infames. Aos gritos insuportáveis que rasgam a noite e atravessam as paredes.

– Está pronto, campeão?

Salvar sua pele, pensar apenas em si mesmo, não neles. Eles não existem. Você vai nadar, Alfred, zerar a mente como sabe fazer. Usando toda a força de seus braços, com a boca aberta.

Um tiro e Alfred já está com a cabeça na água, levantando massas vegetais imundas. Ele ouve risadas se liquefazendo em seus ouvidos. Ergue os ombros ainda mais alto no ar gelado. Força a bacia a cada movimento, ganha velocidade a cada virada. *Estou nadando, meu Deus, estou nadando bem e não estou nem aí para eles.*

– Então, caro Alfred, o que acha? – grita o general.

Ele não responde, com as mãos geladas sobre o concreto. Eles confabulam, sempre␣sorrindo, mais e mais.

– Mesmo tempo, meu amigo. Vamos precisar de uma segunda prova para tomar uma decisão.

Para humilhar, suas imaginações não têm limites. Um oficial tira uma faca da bainha. Ele a ergue aos céus, rindo.

– A prova do punhal, Alfred. Venha cá.

Alfred sai da água, o corpo enregelado. Com os braços cruzados sobre o peito, ele se aproxima de seus carrascos.

– Muito bem – exulta Schwartz –, vamos atirar esse punhal no meio do tanque. Ele é profundo, mas conhecemos seus talentos. O jogo consiste em encontrá-lo e voltar à superfície com ele na boca. A lâmina entre os dentes, entendeu bem, Alfred? Que bela prova! Como um cachorrinho com seu dono, você abrirá a boca e o depositará a nossos pés. Ao menos é o que esperamos, seu miserável.

Alfred avalia a profundidade do tanque em no mínimo seis metros. Ele não sente medo, tem pulmões para isso. O que o preocupa é a água opaca, pastosa, sem qualquer visibilidade. Será como procurar uma agulha no palheiro. Ele não tem escolha, terá que lhes proporcionar aquele prazer sádico. Ele é como todos os presos do campo. Está à mercê daqueles homens. Escravo de suas vontades destruidoras. Mesmo tendo a sorte de ter títulos, medalhas e um reconhecimento internacional que o tornam menos transparente, menos vulnerável. Ele precisava se manter à altura de sua condição privilegiada. A prova da lâmina entre os dentes. Numa água viscosa a dez graus centígrados.

Quando o oficial atira o punhal, ele tenta seguir sua trajetória e calcular a região do ponto de impacto. Levemente para a esquerda, ele tem a impressão, no segundo terço do tanque. Alfred olha para o general, como se perguntasse se pode ir. Com um gesto ridículo, numa espécie de reverência, ele o convida a se atirar na água. Ele imerge na mesma hora, rente à superfície, e se posiciona no ponto em que acredita ter visto o punhal afundar. Ele mergulha no abismo, na vertical. Penetra no desconhecido. Por longos segundos. Intermináveis. Até suas palmas tocarem o chão duro e pegajoso.

Alfred levanta a cabeça, não enxerga nada a mais de um metro a seu redor. Ele começa a apalpar o solo, bate numa pilha de tijolos, identifica o que parece ser uma colher de pedreiro, tateia o mais metodicamente possível, para frente, para trás, à direita, à esquerda, sempre retendo a respiração. *Onde está essa faca, caramba? Eles devem estar rindo bastante lá em cima, talvez pensem que já estou inconsciente ou semimorto.* Ele agora nada às cegas, com gestos cada vez mais amplos, até que algo finalmente o pica na ponta de um dedo. Ele estica o braço e pega o objeto. O punhal. Uma lâmina de no mínimo vinte centímetros. Eles vão ver o comunista com a lâmina entre os dentes. Talvez até, se a sorte ajudar, com um pouco de sangue nos lábios, como nos cartazes.

Ele toma impulso o mais forte que consegue para subir e, como um tubarão furioso, emerge na superfície da água. O fotógrafo nazista o metralha com seus flashes, o general saltita como uma criança, batendo palmas com força. Ele cospe a arma branca. Sem sangue. Um soldado o puxa para fora. Ele se levanta, titubeante, exausto. Enquanto recupera o fôlego, eles se afastam e entram num Mercedes cintilante.

Para eles, o espetáculo acabou. No carro, o *Obersturmführer* abre o vidro e diz:

– Parabéns, Nakache. Essa noite sua sopa terá almôndegas.

E, com uma gargalhada, ele acrescenta:

– Aproveite. Semana que vem tem mais.

Alfred se enrola num cobertor, incapaz de pensar, alheio a tudo o que acaba de acontecer. Ele leva vários minutos para conseguir se mexer de novo. Lentamente, passa pelos sinistros barracões e volta para a enfermaria. A seu redor, um silêncio de morte.

Piscina Sidi M'Cid, maio de 1929

Com certeza não foram os primos e os irmãos que o ajudaram a vencer a fobia de água. E muito menos a gostar de natação, até se tornar um entusiasta. O pequeno milagre se deu num dia de maio, durante um treinamento de militares franceses. Uma dezena de rapazes esbeltos que dominavam perfeitamente os quatro nados e, acima de tudo, emanavam uma alegria radiante. O esforço não impede o prazer, pelo contrário. É possível sofrer, brincar com seus limites, e sentir uma espécie de arrebatamento. Naquele dia, Alfred vê que eles cortam a água com suavidade, levantando ondas de espuma branca e regular, como numa coreografia de nado sincronizado, e que abraçam a imensidão do céu a cada respiração.

As viradas em cambalhota o impressionam. Eles chegam bem perto da parede, desaparecem num piscar de olhos como se tivessem batido a cabeça e voltam a reaparecer mais rápidos que antes. Quando concluem a corrida, agarrados aos blocos de partida, eles se abraçam, se parabenizam, às vezes provocam uns aos outros. Rose costumava usar a expressão "feliz como peixe na água";

agora ele entende o que ela quer dizer e, mesmo sentado na beira da piscina, tem a impressão de ser aquele peixe bem-aventurado. Será que é porque não consegue parar de olhar para eles que um dos militares lhe faz um sinal para mergulhar? Timidamente, com um movimento de cabeça, Alfred responde que não. Agora não. O soldado insiste, seus camaradas também.

– Venha, garoto, pule na piscina! – ele grita.

Alfred não se mexe, paralisado. O jovem se aproxima, com duas braçadas de crawl.

– Qual seu nome?

– Alfred.

– Não sabe nadar?

– Um pouco. Quer dizer, sei sim, aprendi, mas não gosto muito de piscinas grandes.

– Pequenas ou grandes, não muda nada. Fique perto da borda e me mostre como nada. Não há perigo algum. Sou Fabien, capitão da equipe militar da Argélia. Vamos ficar dez dias aqui em Constantina, depois iremos para a verdadeira piscina grande: as olimpíadas militares em Argel, uma competição entre dez nações.

Surpreso com sua própria audácia, ou para ganhar tempo, Alfred arrisca dizer:

– Vocês têm alguma chance?

– Claro que sim. Na França continental, temos os melhores clubes da Europa, talvez do mundo. Paris, Marselha, Toulouse, celeiros de ases! Principalmente Toulouse, meu clube desde pequeno. Antes de entrar no exército e ser enviado para a Argélia, eu treinava até quatro vezes por semana. Vamos, agora é sua vez.

Fabien segura sua mão para guiá-lo até a água.

– Vou nadar com você, comece devagar.

Alfred solta a mureta e começa um crawl de vira-lata apavorado, com a boca aberta e uma sucessão de gestos bruscos que acabam por deixá-lo sem ar. Fabien o interrompe e o leva até a borda.

– Calma, Alfred! Você é forte para sua idade, dá para ver que inclusive tem bastante potência, mas seu motor está girando em falso, você está se cansando à toa. Os braços não estão buscando a água longe o suficiente e as pernas não estão trabalhando. Olhe para mim.

E ele desenha em câmera lenta gestos de incrível amplitude que o fazem deslizar pela superfície da água. Alfred repete o exercício, tentando imitar as imagens registradas em seu cérebro. Ele não sabe se é uma ilusão, mas tem a impressão de que sua envergadura aumenta, de que seu coração acelera menos, de que seu fôlego não o trai. Só falta Fabien não destruir essa sensação com uma frase assassina.

– Isso mesmo, muito bom.

Ele ouve aquelas palavras simples e se sente seguro. A presença de Fabien e seus incentivos lhe insuflam uma confiança que ele pensava inacessível. Ele nada ao lado de um campeão que o conduz tranquilamente, Alfred perde o medo, se sente bem. Muito bem, até. Como um peixe, diria Rose. Naquela noite, ele vai dormir mais cedo que de costume. Com a janela aberta, ninado pelo canto das cigarras, ele se imagina em Argel, pronto para mergulhar diante das arquibancadas lotadas de admiradores inflamados. Seu irmão vai importuná-lo, como sempre. Alfred o dispensa com rara determinação. Em seu sonho, não é Fabien, o campeão militar, que todos aplaudem, mas Alfred Nakache, a nova esperança da natação. O desconhecido que tremia com a ideia de cair na água e se prepara para subir no pódio. *B'ezrat Hashem*, como diz seu pai. Com a ajuda de Deus...

Constantina, abril de 1930

Ninguém em casa teria pensado que as aulas de Fabien o transformariam tão rapidamente. Na piscina, Alfred encadeia idas e vindas em nado livre sem nem tirar a cabeça para fora da água, às vezes por mais de uma hora sem parar.
– Nossa, Alfred! Bateu a cabeça ou o quê? – escarnece seu primo depois de uma virada.

Gilbert está debruçado sobre o bloco de partida e mergulha a boca na água para que Alfred ouça suas zombarias. O resultado é como se falasse com as paredes. Alfred o ignora, determinado a se tornar um grande nadador. E azar de quem o tirar para ingênuo. Ele não sabe direito de onde vem aquela obstinação que beira a teimosia. Ou melhor, ele acha que sabe: Alfred precisa que acreditem nele e que digam isso em alto e bom som. Quando isso acontece, ele se sente invencível. No liceu de Aumale, é a mesma coisa: ele só é bom numa matéria quando o professor que a ensina o enche de atenções. A sra. Cherki, professora de história, o trata com carinho: terceiro da sala. O sr. Bardet, professor de matemática, lhe devolve os exercícios com ar cansado: antepenúltimo. Ele às vezes se pergunta se teria sido diferente se tivesse um irmão mais velho. Ou um pai mais aberto aos sentimentos, menos fechado em sua disciplina religiosa. Mais que os outros, talvez ele precise de demonstrações de amor. E de admirar. Ele adora admirar. Nele, a admiração funciona como um motor. Ele admira Fabien e, inversamente, gostaria que Fabien o admirasse. É isso. Como diria o sr. Bardet: "Não tem mistério, ora essa!".

Uma coisa é certa: Alfred se sente bem e feliz. A ponto de varrer as dúvidas que, com frequência demais, vêm à tona, e que ele esconde do jeito que pode com suas palhaçadas. Esse é o problema com a família e os amigos: ele sorri o tempo todo, quando se sente no topo do mundo ou no fundo do poço. Fica difícil de entender. Pelo menos ele não os incomoda com seus humores. Em poucas semanas, Alfred começa a sentir seu corpo de adolescente se transformar. Seus ombros se tornam mais largos. No espelho, seu peito fica cada vez mais parecido com o das estátuas gregas e romanas que ilustram o livro de história. Sua barriga é uma série de gomos abdominais com contornos que podem ser vistos do outro lado da piscina. Suas coxas, com as pernadas, não perdem em nada para as pernas musculosas dos jogadores do Red Star. Ou dos cavalos percheron. O único fraco de Alfred: os pães quentinhos cobertos com chocolate que a avó assa especialmente para ele no forno à lenha comunitário que fica na frente da sinagoga Sidi-Fredj, e que ele devora sem moderação ao voltar dos treinos.

Paule, julho de 1930

Em Sidi M'Cid, depois de dezenas de piscinas, Alfred descansa ao sol e avista dois grandes olhos verdes. Sua íris tem brilhos dourados, quase bonita demais para ser verdade. *Como lantejoulas de ouro*, pensa Alfred. Ela é Paule Zaoui, filha de um fabricante de tecidos de Constantina, um dos mais conhecidos de Kar Chara. Como ele, é aluna no liceu de Aumale. Brilhante, solitária, inacessível. Ela acumula prêmios e honrarias. Os garotos não ousam se aproximar. Bonita demais, misteriosa demais. Paule costuma nadar com os irmãos e as irmãs.

Naquele dia, ela coloca a toalha a poucos metros de distância de Alfred. Ele finge não ver sua silhueta, menos ainda seus peitos, que adivinha macios e firmes, despertando nele uma sensação perturbadora. Ela parece procurar a melhor posição para pegar sol, de barriga, de costas, com as pernas retas, dobradas, e agora de lado, de frente para ele, dirigindo seus grandes olhos para seu rosto intimidado. Porque ele também, agora, está de lado, a cabeça displicentemente pousada em seus braços fortes. Ela se levanta, aproxima a toalha dele um bom metro, como se uma ponta de sombra ameaçasse cobrir suas pernas.

— Paule!

O nome dela sai de sua boca sem que ele perceba.

— Ah! Alfred! É você! Vi que estava na água. Como nada rápido! Toda a família Zaoui tem falado de você. Achamos que vai se tornar um grande campeão.

— Não sei, Paule.

— Mas nós sabemos – ela sorri, se deitando de barriga para baixo. – Você é o mais rápido de Sidi M'Cid. Ninguém consegue alcançá-lo.

— E você, gosta de nadar?

— Adoro mergulhar. Aliás, chega de sol, você não acha? Vamos nos refrescar.

Ele nem responde e ela já está correndo na direção da piscina, pulando na água com a graça de uma dançarina. Alfred a imita. Eles ficam frente a frente, sob um sol de rachar, naquela piscina azul que reflete as rochas do Rummel. Alfred bate os pés para manter o tronco alto e os ombros livres. Paule, por sua vez, mal se mexe. Ela parece flutuar, puxa os cabelos para trás, prende-os com um elástico, libera a fronte ampla e bronzeada.

— Quer ir no cinema comigo? Está passando *Sob os tetos de Paris*, no Cirta. Minhas primas foram, elas disseram que as músicas são incríveis. E quero tanto conhecer Paris...

— Vamos! Sábado que vem?

— Sábado que vem.

Com uma braçada, ela se atira em seu pescoço como se eles se conhecessem desde sempre. Alfred fica surpreso com aquele impulso. Ele fica paralisado, incapaz de qualquer movimento. O contato da pele de Paule lhe dá calafrios que percorrem todo seu corpo. *E se for isso, se apaixonar?* Ele gostaria de ter coragem de virar a cabeça, enfrentar o olhar dela, colocar os lábios sobre os seus, mas é impossível, tudo está indo rápido demais. Além disso, ele não tem certeza de nada. Talvez ela só queira ser uma amiga. A amiga de um futuro grande nadador. *Esconder a perturbação. Afrouxar o abraço.* Em vez de arriscar um beijo incerto que provocaria a pior derrota, ele propõe uma brincadeira.

– Segure meus pés, com os braços bem estendidos.

Paule obedece na mesma hora. Ela o contorna, agarra seus tornozelos, diz que está pronta. E eles atravessam a piscina olímpica, ele como uma locomotiva, avançando apenas com a força dos braços, ela como um vagão solidamente engatado. Quanto mais ele acelera, mais ela ri com sua voz clara. Explosão de felicidade que ecoa nos paredões abruptos do Rummel e se dissipa atrás dos desfiladeiros.

Trem Toulouse–Paris, 10 de janeiro de 1944

Como uma garrafa ao mar, as mulheres que não estão algemadas atiram por cima das janelas dos vagões cartas que rodopiam junto ao trem e encerram sua corrida turbilhonante de qualquer jeito, nas árvores, sob os pneus de um carro ou no meio de uma estrada, suficientemente aparentes para que uma mão caridosa as pegue e as conduza a bom porto. Essas cartas expressam a preocupação quanto ao destino de uma viagem sob vigilância, dirigem palavras de amor e incentivo, às vezes simples recomendações de cuidados com o frio do inverno. Pressentimento de uma ida sem volta, urgência de um pedido de socorro que não ousa dizer seu nome.

– Não sei escrever direito, me ajude, por favor – suplica Chaja, a vizinha de Paule e Alfred.

Como Paule, a mulher segura o filho no colo.

Seu marido está firmemente algemado do outro lado do vagão. Originários da pequena aldeia de Beguilossin, na Polônia, Chaja e Zelman fugiram do nazismo e encontraram refúgio no departamento da Haute-Garonne, ele como alfaiate, ela como camareira, antes que a ocupação da zona livre pelos alemães voltasse a mergulhá-los na precariedade e no perigo.

Paule a tranquiliza, começa a escrever algumas frases para a família que empregava Chaja. Chaja estava sozinha na Rue Saint-Louis, em Toulouse, quando dois milicianos chegaram para buscá-la. Ela conhece a humanidade do casal de médicos para o qual trabalha. Ela sabe que, se necessário, eles avisarão o irmão mais velho de seu marido, que se instalou no sul, perto de Carcassonne. Paule escreve o endereço o mais legivelmente possível. Alfred, que foi poupado das algemas, vê, maravilhado, sua mulher agindo com a bondade que o conquistara desde o primeiro dia.

Estar com as duas, Paule e sua pequena Annie, depois da violência da detenção e da separação na prisão Saint-Michel, já representa uma vitória. O rosto de Alfred é reconhecido por todos naquele trem, onde centenas de tolosanos tinham sido embarcados. Nakache continua sendo uma estrela, apesar de sua recente ausência das piscinas. Ele é olhado com admiração, às vezes com constrangimento. *Por que ele também está aqui?* Os policiais franceses que cruzam com ele também parecem constrangidos.

Um jovem, porém, não hesita. Ele se chama Léon.* Tem 23 anos. Está acompanhado de Louise, sua irmã mais velha, sentada na parte da frente do vagão. No dia de sua prisão, Louise conseguira, num reflexo, salvar a filha de cinco anos, tratando-a como filha da zeladora. Ela sabe que a menina está em um lugar seguro.

Léon se aproxima do campeão.

---

* História e testemunho de Léon Lehrer. (As notas são do autor, salvo indicação em contrário.)

– Fico feliz de falar com o senhor. Acompanho todos os seus recordes há dois anos – ele sorri. – Os alemães enlouqueceram.

– E você, o que faz? – pergunta Alfred.

– Eu era telefonista em Toulouse, mas fui para o olho da rua. Comecei a fazer pequenos consertos elétricos, aqui e ali. Consigo me virar. Antes disso, era apenas um pequeno *poulbot*.

– Poulbot?

– Um garoto de Montmartre, como se diz. Foi onde aprendi a cantar. Passo a vida cantando. Há pessoas que rezam quando têm problemas, pessoas que choram, pessoas que se calam. Eu canto!

– Você está certíssimo, meu caro! E seus pais, onde estão?

– Continuam em Paris.

– Não é perigoso?

– Eles têm uma pequena loja de tecidos bem na frente da polícia do 18º arrondissement. Vá saber por que, mas o comissário prometeu protegê-los. Meus pais confiam nele e nunca se declararam judeus. Talvez o comissário tenha ficado impressionado com a trajetória de meu pai: romeno recrutado pelo exército francês nas trincheiras, socialista convicto, naturalizado francês, pai de cinco filhos... E sem um tostão!

– É possível – assente Alfred, enquanto o trem diminui a velocidade e para.

– Vou aproveitar para dar no pé – sussurra Léon, olhando para todos os lados. – Mas Louise, minha irmã, não para de repetir: *Não consigo correr, não consigo correr...*

Na estação de Matabiau, a confusão era tão grande que poderíamos ter fugido.

— Não corra riscos, Léon. E cuide de Louise.

O trajeto Toulouse-Paris é extremamente sinuoso. O trem se arrasta por 24 horas até chegar à Gare d'Austerlitz. Na plataforma, enquanto o dia começa a nascer, os gendarmes acompanham os detentos às dezenas de ônibus que foram mobilizados. Com que destino? Ninguém sabe.

Os parisienses que saem para trabalhar parecem não desconfiar de nada, não se preocupar com nada.

Última etapa antes de Pitchipoi

Na traseira do ônibus, sobre a plataforma externa, Alfred só consegue ler o nome da cidade. Drancy. Ela fica cerca de quinze quilômetros ao norte de Paris, no máximo. Esse subúrbio não lhe diz nada. Antes de partir para Toulouse, era nas grandes piscinas parisienses que ele desafiava os cronômetros.

A longa fila de ônibus atravessa a pequena cidade em baixa velocidade e para em meio a um rangido metálico que faz os corpos exaustos se sobressaltarem. Alfred se debruça na lateral do ônibus. A poucos metros, uma cerca de arame farpado delimita o conjunto de prédios cinzentos que parecem desenhar uma estrutura em ferradura. Gendarmes franceses estão de guarda, com espingardas a tiracolo. Atrás dos muros, Alfred ouve um rumor se elevar. Uma multidão barulhenta da qual emergem ordens gritadas em alemão, gritos agudos, cantos femininos que parecem subir aos céus. O ônibus volta a avançar. Ao lado de Paule e Annie, Alfred entra num local que parece nunca ter sido terminado. Alojamentos de quatro andares, sem janelas e portas, abertos para o vento glacial, onde se amontoam mais de mil pessoas, homens, mulheres, crianças, velhos.

Drancy. Bairro de asfalto transformado em campo de prisioneiros, com cinco torres de catorze andares – os primeiros arranha-céus construídos na França. Quem poderia imaginar que o conjunto habitacional de La Muette ambicionava se tornar uma cidade-modelo? Uma utopia social que, segundo Henri Sellier, seu promotor, proporcionaria "uma melhor organização da humanidade, na direção da luz, da alegria, da saúde...". Lá dentro já não há gendarmes, mas nazistas e chefes designados entre os presos para organizar os espaços, distribuir as atividades, manter a ordem com insultos e golpes de porrete. O cheiro é insuportável. Assim como a sujeira no chão e nas paredes. É proibido ir ao banheiro sem autorização. Proibido se mexer sem motivo. As pessoas fazem o que podem.

Léon, o eletricista, vê sua irmã Louise ser empurrada para o outro lado do campo. Ele é conduzido para um prédio próximo ao dos Nakache, que têm a sorte de continuar juntos. As pessoas se aproximam de Alfred, reconhecem o grande campeão cuja foto tantas vezes aparecera nos jornais. No quarto que lhes é atribuído, Alfred se depara com dois garotos, que nunca se separam. Dois irmãos de olhares muito diferentes. O primeiro, mais jovem, tem olhos risonhos. Ele se chama Gérard*, tem apenas dezesseis anos, é um rapaz baixinho e forte cheio de energia. O mais velho, Pierre, é magro e alto, usa pequenos óculos redondos que deixam transparecer toda sua melancolia. Ao contrário de Gérard, que não para de encarar Alfred, Pierre não parece reconhecer o nadador. Ele não olha para ninguém, cabisbaixo.

---

* História e testemunho de Gérard Avran.

Alfred se levanta e oferece aos dois garotos um pedaço de chocolate. Gérard fica impressionado por estar na frente de Nakache, mas não tem a menor dificuldade de expressar sua admiração. Ele diz que chegaram de Marselha há poucos dias, com a mãe e a irmã Mireille, das quais não têm notícias. O pai, por sua vez, tinha sido preso duas semanas antes em seu escritório de importação de produtos vindos da Argélia. Ele tinha sido o primeiro, confidencia Gérard, a importar berços portáteis. Uma verdadeira loucura no Porto Velho de Marselha. Desde então, nenhuma notícia.

– Também venho da Argélia – sussurra Alfred. – De Constantina, para ser exato. Foi onde aprendi a nadar.

– Meu pai o venera. Há dois anos, na piscina do Círculo de Nadadores de Marselha, quando o senhor bateu o recorde mundial de 200 metros peito, ele não pôde estar lá. Mas guardou zelosamente o artigo de jornal com a fotografia em que o senhor mostra a língua.

– É um costume meu – sorri Alfred.

– O senhor sabe o que vão fazer com a gente?

– Não tenho a menor ideia.

– Os mais velhos dizem que vamos colher morangos na Alsácia. Que vamos para Pitchipoi.

– Pitchipoi?

– O país que não existe – suspira de repente ao lado deles um velho sentado encostado na parede.

O país que não existe... O sangue de Alfred gela. Paule se concentra nos cuidados a Annie. Até o momento, as poucas reservas que ela trouxera tinham sido suficientes para aplacar sua fome, mas os dias se tornam cada vez mais frios, e a falta de higiene acaba marcando os corpos.

*

No pátio de Drancy, onde os chamados dos guardas da SS e dos chefes furam os tímpanos como marteladas numa chapa de ferro, Alfred avista Léon avançando em sua direção, determinado. Ele usa óculos ovais, tem uma caixa de ferramentas na mão e uma braçadeira de "eletricista" no braço.

– Consegui me fazer passar por engenheiro elétrico. Disse que tinha cursado a Arts et Métiers. O soldado da SS acreditou, parecia conhecer a escola. Ficou feliz. Vou puxar cabos para alimentar a guarita de entrada. Dessa vez, vou fugir.

– E sua irmã, Léon?

– Louise? Ouvi falar que foi colocada num trem, um dia depois que chegamos. Não tenho mais nada a perder.

Alfred se cala. Difícil se contrapor a uma raiva daquelas. Léon se afasta, com o passo firme, a caixa na mão, fazendo a Alfred um sinal com o polegar, cheio de confiança.

*

Todas as noites, no quarto sem janelas que eles dividem com vários detentos, Alfred, Paule e Annie se aproximam uns dos outros no chão duro e úmido para encontrar um pouco de calor. A sopa que recebem é terrível, um líquido amarelado no qual boiam algumas cascas. Entre as correntes de ar, o cheiro, o mofo e a luz elétrica que ilumina o pátio a noite toda, o sono demora a chegar. Muitos escrevem para conjurar a angústia naquele tempo de espera e sem horizonte.

Há as mensagens do cotidiano: "Esqueci de fechar as janelas. Pegue o casaco do menino". *Mensagens de amor*:

"Sinto sua falta, minha esposa querida, não se preocupe comigo...". *Cartas alegres e engraçadas, como as de Louise Jacobson e Gabriel Ramet*: "Recebi seu pacote. Ah! Que orgia... Obrigado de todo coração e de todo estômago". *Há as mensagens de grande dor, como a carta anônima assinada apenas*: "Eu, a sofredora, e meus filhos".*

Alfred adquire o hábito de conversar em voz baixa com Gérard. Ele gosta do jovem, que segura o irmão mais velho pela mão. Juntos, no meio da noite, eles falam de Marselha, de Constantina. Daquele sol que insiste em querer se afastar.

– Fiquei chocado – diz Gérard – quando os alemães explodiram o Porto Velho de Marselha e a ponte transportadora. Pela primeira vez, sentimos medo. Mas isso não nos impediu de fazer nossas excursões a Sormiou e Morgiou, ou de ir ao parque Borély para ver as touradas e as lutas de boxe.

– Você se lembra de alguma em especial?

– Sim, Marcel Cerdan nocauteando Frely no terceiro round. Fernand Frely. Um suíço.

– E a natação?

– No verão passado, íamos todos os finais de semana à piscina Chevalier-Roze. Mas não é nossa paixão. O que realmente gostamos de fazer é comer *frigolosi* na praia, os melhores sorvetes.

– Um dia vou contar a você dos sorvetes de limão que minha avó fazia em Constantina...

Aqueles fragmentos de conversas para disfarçar o tédio e a angústia são como bombons que ajudam a passar

---

* Ver *Lettres de Drancy*, textos reunidos e apresentados por Antoine Sabbagh (Paris: Tallandier, 2002).

o tempo. Mas que tornam a fome e a sujeira ainda mais dolorosas. Ao tocar as próprias bochechas, que se cobrem de pelos desordenados, ao olhar para as mãos sujas e as roupas úmidas e mofadas, Alfred sente nojo. E pena de Paule, que poderia muito bem concorrer ao prêmio de operadora de milagres. *Nunca pensei que fosse possível se tornar miserável em tão pouco tempo.*

*

Em Drancy, no dia 17 de janeiro de 1944, Alfred é convocado ao gabinete de Alois Brunner, o temível comandante do campo desde o mês de junho último.* Em torno de Brunner, dez suboficiais SS, todos austríacos como ele, formam sua guarda pessoal. Alfred é recebido pelo *Oberscharführer* Joseph Weiszl, um antigo cabeleireiro de Viena. O assistente explica a Alfred que, dados seus consideráveis prêmios esportivos, ele poderia voltar a Toulouse.

– Infelizmente – ele diz –, não podemos fazer nada por sua mulher e por sua filha.

– Então a resposta é não – levanta-se Nakache.

– Pense bem, sr. Nakache.

– Já pensei.

---

* Alois Brunner é "o homem que resolve a 'Questão Judaica' na França", escrevem Annette Wieviorka e Michel Laffitte em *À l'intérieur du camp de Drancy* (Paris: Perrin, 2012). Assim que ele chega, os funcionários franceses são expulsos do campo e os gendarmes são encarregados apenas da vigilância externa. Brunner escolhe ter como interlocutora a própria comunidade judaica, por meio da União Geral dos Israelitas da França (Ugif). Essa estratégia visa, "numa lógica perversa testada desde a chegada dos nazistas ao poder em Berlim e Viena, envolver os judeus em sua própria perseguição".

– Como quiser – conclui o oficial com sarcasmo, fazendo-o sair brutalmente de seu gabinete.*

Dois dias depois, Alfred é informado que eles serão conduzidos, na manhã seguinte, até a estação de Bobigny, a alguns quilômetros do campo. No pátio, ao longo dos prédios, se disseminam as hipóteses mais loucas a respeito da nova viagem. Embora se leia apreensão na maioria dos rostos, alguns se agarram à esperança de um futuro menos sombrio. Não tinham prometido que, daquela vez, eles não seriam algemados? Que poderiam viajar com todas as suas bagagens? Que receberiam víveres por vários dias? Gérard é o primeiro a tentar ver nisso sinais animadores. Pierre, por sua vez, fica muito nervoso. E, como sempre, calado.

Enquanto Alfred e Paule reorganizam a bolsa de viagem, enfiando nela o máximo de coisas possível, por volta das dez horas da noite, alguns minutos antes do chamado geral que obriga todos a voltarem para seus quartos, Léon aparece com sua braçadeira de eletricista.

– Vou com vocês, amanhã.

– Como assim? – espanta-se Alfred.

Apesar de todas as suas tentativas, Léon não consegue fugir. Os soldados da SS estão em polvorosa desde que descobriram um túnel secreto pelo qual dezenas de detentos conseguiram fugir. Léon não estava na lista do próximo comboio. Os nazistas contavam com seu talento de eletricista para reforçar a iluminação do campo. Mas ele insiste em ser inscrito no comboio.

– No trem, sem Louise, vou conseguir escapar.

---

* Alfred Nakache contou a Gérard Avran sobre sua recusa de deixar Drancy sem a mulher e a filha.

– Está louco... O que você disse a eles?
– Que queria acompanhar uma amiga.
– Que amiga?
– Conheci-a ontem. Estava prostrada na entrada do prédio. Aos prantos. Ela me disse que toda sua família já tinha sido levada e que agora era sua vez. Tranquilizei-a, disse que entraria no trem junto com ela. Não sei nada a seu respeito.

Léon, o *poulbot*. O último a embarcar para Pitchipoi.

Comboio 66

20 de janeiro de 1944. O trajeto é assustador. Irrespirável. Amontoados num vagão para animais, eles estão mergulhados na mais completa escuridão. Mal se distingue um raio de luz por entre as frestas da porta corrediça. Em pouco tempo, a sede começa a torturá-los. A garganta seca, os lábios parecem inchar, a língua, a endurecer. No dia seguinte, o cheiro de urina e fezes impregna o ambiente, vergonhoso, animal. Eles são mais de mil.* Alfred não solta a mão de Paule, que segura Annie no colo, com força. Annie, que, antes da partida, teve o bichinho de pelúcia arrancado de seus braços. Um cachorrinho preto. Annie, que tem apenas dois anos.

O que dizer à filha? Que aquilo não é nada – apenas um mal passageiro que se prolonga, mas que, juramos, prometemos, você pode acreditar em papai e mamãe, tudo vai acabar logo. Amanhã será um novo dia. Amanhã o sol fará brilhar seus raios dourados sobre a imensa planície de Pitchipoi, onde Annie poderá fazer as primeiras batalhas de bola de neve.

---

* O comboio transporta 1.153 pessoas, dentre as quais 144 crianças com menos de catorze anos e 81 com menos de nove anos.

Três dias e duas noites. *Em torno deles, as crianças choram, os pais rezam, os velhos e os doentes gemem...* Três dias e duas noites de fedor, medo e calor insuportável entre corpos colados uns aos outros num espaço privado de ar. Os eixos do trem começam subitamente a ranger. O trem freia, continua freando, depois para bruscamente. É a noite de 22 para 23 de janeiro. Ao longe, ouvem-se latidos de cães e vozes marciais de soldados alemães se aproximando. Num estrondo ensurdecedor, os batentes da porta do vagão se abrem totalmente. O vento gelado machuca a pele, a luz branca de enormes holofotes voltados para os corpos entorpecidos queima as pupilas. Alfred não sabe a hora – ninguém sabe a hora, desde a saída de Drancy –, mas deve ser entre meia-noite e uma da manhã.

– Rápido! Vamos, desçam para a plataforma, mais rápido! – grita um oficial da SS, cujas ordens se misturam aos rosnados dos cães superexcitados.

Alfred aperta a mão de Paule, ajuda-a a descer, enquanto velhos exaustos caem na plataforma gelada. Os soldados empurram os que tentam ajudá-los a se levantar. Alguns morrem ali. Na frente de todos. Num lamento desesperado, eles estendem a mão para seus filhos. Alfred olha para eles com carinho, oferecendo com seus olhos e um sorriso forçado todo o amor que tem dentro de si, mas o oficial já o empurra e arranca sua mão da de Paule.

– Ela e a criança, para a direita, *rechts*, você, para a esquerda, *links*. Mais rápido!

Eles são divididos em duas filas, afastados por alguns metros que parecem a Alfred um abismo. Seus olhares se magnetizam como se eles fizessem amor, eles se falam sabendo que nem ela nem ele, naquele festival de gritos e lágrimas, conseguem ouvir qualquer som. Seus lábios rachados desenham palavras impossíveis. Alfred é empurrado para a frente de novo. Homens são puxados de qualquer jeito para a fila da esquerda. Um soldado o examina, cochicha algo a seu superior, que se aproxima. Paule e Annie estão fora de seu campo de visão. Ele tem a impressão de que elas foram levadas para um caminhão coberto com uma lona.

– Nakache, é isso? – pergunta o oficial.
– Sim, senhor. *Ich bin Nakache. Ich bin ein Schwimmer.*
– O grande campeão Nakache, que alegria o receber aqui! Parece em boa forma depois dessa longa viagem.

Alfred esboça um sorriso, embora a raiva revire seu estômago. Ele gostaria de pular na garganta do homem, fazê-lo engolir aquelas palavras de canalha onipotente, apertar seu colarinho engomado, arrancar sua suástica e fazê-lo comê-la. Mas o oficial já não está mais ali.

– Você tem sorte, meu velho – sussurra em seu ouvido um homenzinho pequeno na casa dos quarenta anos, com sotaque sulista e terno cinza curto demais.

No meio daquele caos, aquele homem parece manter a serenidade.

– Eles vão nos fazer trabalhar.
– E minha mulher e minha filha?

O homem abaixa os olhos, toca seu ombro.

– Não pense nisso, ninguém sabe. A melhor coisa que pode fazer é se tornar útil. Eles precisam de nós. Como elas se chamam, sua mulher e sua filha?
– Paule e Annie.
– E você?

– Alfred.

– Você vai encontrá-las, Alfred.

Ele não tem tempo de perguntar o nome do homem, pois é empurrado até um caminhão. O veículo percorre uma dezena de quilômetros por estradas caóticas, passa por uma pequena cidade chamada Monowitz e para na entrada de um campo. Ao longe, na penumbra, Alfred vislumbra as torres fumegantes de uma usina gigantesca. *É lá que vamos trabalhar?*

Auschwitz, primeiro dia

— Tirem a roupa! – gritam os guardas da SS. Como todos os outros, Alfred se despe e fica nu, totalmente nu, sob a neve que cai em grandes flocos. Nu a vinte graus negativos, tremendo da cabeça aos pés, com as mãos protegendo sua intimidade violada. À espera de que algo aconteça. *Mas o quê?...* A algumas fileiras de distância, um guarda da SS passa na frente de Léon e lhe dá uma violenta coronhada no rosto.

– Esse daí é louco! – se enfurece o eletricista, tentando enxugar o sangue com a mão.

À sua direita, um detento se vira para ele:

– Não, eles disseram "toda a roupa" e você ficou de óculos.

A porta do barracão à frente deles se abre subitamente.

– Para dentro, *schnell*! – berra o chefe do barracão.

Os prisioneiros são obrigados a sentar em banquinhos. Surgem homens com máquinas de cortar cabelos. Eles devem raspá-los totalmente: pernas, área genital, peito, axilas, cabeça, sobrancelhas. Na cabeça, bem no meio, devem usar a "duplo zero". *Eles chamam isso de "abrir a autoestrada*"... Depois, ordenam-lhes que saiam e se dirijam a outro barracão. Um bloco dividido em dois. De um lado, uma fornalha, um tubo que solta um vapor muito quente; do outro, uma geleira. Um quente-frio que dura horas e tem a missão de limpar os corpos de todos os parasitas para evitar a propagação do tifo. Alguns não resistem. Seus cadáveres são atirados dentro dos caminhões.

Na frente de Alfred e dos outros prisioneiros, o *Blockältester*, o chefe do barracão, sobe num banquinho. Vestido numa roupa preta apertada, ele parece em plena forma. Os duzentos detentos continuam totalmente nus. O chefe sussurra algo ao ouvido de seu assistente. O homem volta com um bastão coberto de couro e uma imensa pá de carroceiro. O chefe faz sinal a um dos detentos para sair da fila e se aproximar. O coitado, escolhido ao acaso, obedece. Assim que ele chega perto do chefe, é atingido por uma chuva de bastonadas. Não uma, mas três, cinco, dez... Os golpes são tão violentos que o sujeito desaba no chão. O *Blockältester* desce do banquinho, solta o bastão e pega a grande pá. Ele a posiciona na garganta do sujeito, com um pé de um lado, um pé do outro. E se balança, estrangulando o pobre coitado, que geme no chão. Mas que logo se cala. Silêncio total. Léon e os outros prisioneiros não ousam respirar. Eles acabam de assistir a seu primeiro assassinato. O *Blockältester* se levanta, guarda as ferramentas. E explica, como se fosse necessário, que é o chefe. Que pode matar todos eles. Um a um. Ele tem aquele direito.

Eles voltam a percorrer várias centenas de metros na neve. Picadas no braço os aguardam. Mergulhadas num tinteiro, as agulhas desenham um número de seis dígitos.

Tatuagem indelével. Marca perene da infâmia sobre peles mortificadas. Em pouquíssimo tempo, o tatuador reconhece Nakache. Nakache, o campeão agora sem nome. Reduzido a um número. 172.763. Ele lhe deseja boa sorte. Sem animosidade, com jovial curiosidade. Na saída, todos são levados até uma pilha de pijamas velhos que pertenceram a outros detentos. Pijamas listrados sujos de restos de excrementos causados pela disenteria. Eles também recebem um bonezinho e um par – com frequência descasado – de tamancos de madeira. Nem camisas, nem calções, nem meias. Apenas aquele pedaço de tecido áspero e sujo para protegê-los do inverno e das intermináveis inspeções. Depois de vestido, Alfred é tirado da fila por um oficial.

– Você é forte, e as pessoas o reconhecem. Vamos designá-lo à enfermaria, a serviço do professor Waitz. Um alsaciano. Uma sumidade em medicina. Ele está encarregado do atendimento clínico, no bloco 18. Vocês vão se dar muito bem.

Alfred entende, naquele momento, que escapou do pior. Em seu grupo de detentos, durante aquela espera interminável, as línguas se soltaram. Prisioneiros designados para os trabalhos de retirada de neve tinham conseguido falar com alguns no caminho, desafiando a vigilância dos guardas. Eles tinham descrito barracões infames, estrados empilhados e cheios de piolhos, refúgio de ratos, traças e baratas. Um único balde para as necessidades. Nenhuma luz, nenhuma corrente de ar. Uma sopa de vomitar. Pessoas morrendo todos os dias de exaustão e desnutrição, retiradas como carcaças de animais, atiradas em caçambas para serem queimadas longe dos olhares de todos. Então é para isso que servem as grandes chaminés que cospem uma fumaça negra no céu azul imaculado. Fornos. Crematórios. São três. Caminhando ao longo dos blocos, recebe-se em pleno rosto um gosto amargo que provoca náuseas. O cheiro verde e infecto da morte.

Um homem de sessenta anos, Élie, de olhar claro, braços descarnados, repete com voz engasgada a Alfred e aos que o cercam: aqui, no campo de Auschwitz, os judeus são enviados em grandes grupos a câmaras de gás e, depois, reduzidos a cinzas. Como ele pode ter tanta certeza? Ele explica que há apenas dois anos era engenheiro-chefe na direção de estradas e obras públicas, em Paris. Eliminado do governo, ele conservara laços de amizade com um dos conselheiros do ministro encarregado da infraestrutura. Que o advertira várias vezes:

– Você escapou da grande batida do Velódromo de Inverno*, mas a polícia está limpando todo o território, inclusive ao sul do Loire, na zona livre. Todos os judeus presos são conduzidos a Drancy, depois, por trens especiais, a campos na Alemanha ou na Polônia, onde são sistematicamente asfixiados por gás.

---

* O Velódromo de Inverno (Vélodrome d'Hiver, também conhecido como Vél' d'Hiv) era um local de eventos esportivos no 15º *arrondissement* de Paris. Em 16 e 17 de julho de 1942, mais de 13 mil pessoas judias foram detidas em toda a cidade pela polícia francesa, das quais mais de 8 mil foram presas no velódromo por quatro dias, em condições muito precárias, sendo depois transferidas para campos de concentração e extermínio, onde foram assassinadas. A batida do Velódromo de Inverno foi a maior prisão em massa de pessoas judias ocorrida na França. (N.E.)

Por muito tempo, Élie foi escondido por uma família de industriais católicos, em Paris, na Rue de l'Université. Mas acabou capturado, conhecendo o destino que o aguardava.

Alfred deixa Élie e aquele grupo de homens abatidos, de corpos exauridos que já não parecem acreditar em nada. Ao lusco-fusco, observa-os se afastarem sem saber se voltará a vê-los.

Paule, Annie, onde vocês estão? Onde vocês estão, meus amores? Alfred conhece a força de Paule, ele sabe que ela encontraria palavras para acalmar Annie, amansar seus algozes, continuar viva. Ela e a filha deles. Ela falaria dele, sim, é claro. *Sou a mulher de Alfred Nakache, vocês o conhecem, o grande nadador, o rei do nado borboleta, e esta é a filha dele, como é parecida com ele, não acham?* Ela também diria que era professora de ginástica, que podia dar aulas para as mulheres dos oficiais, o que seria útil naquele frio glacial. Alfred tem certeza de que ela já lhes disse isso. E que, graças às palavras em alemão, eles a entenderam.

Ele quer muito saber em que barracão elas estão. Aquele campo se estende a perder de vista. Talvez ela tivesse sido designada para a fábrica IG-Farben, do outro lado dos arames farpados? Fora Élie quem aventara essa possibilidade. A empresa de borracha empregava homens e mulheres saudáveis. Ela era jovem, bonita, vivaz. Eles a veriam, com certeza. Na saída e na volta do trabalho, haveria uma orquestra cigana para animá-los. Amanhã, ele perguntaria ao professor Waitz como fazer para ter notícias delas. Primeira noite em Auschwitz. Primeira noite em claro.

Clara como a terra gelada que os cerca. As horas passam, seus olhos continuam abertos. O cansaço não muda nada, é impossível pegar no sono. *O que estou fazendo aqui, nesse inferno? Papai, o que lhe disse o bom Deus?*

É um engano, só pode ser. Nada disso existe. Um engano.

Setembro de 1931. Às suas marcas, preparar...

Todos os cronômetros atestam a transformação de Alfred. Ele supera seus próprios tempos dia após dia. Na Juventude Náutica Constantinense, sua segunda família, Gabriel Menut já não tem dúvida: chegou a hora das competições.

– Vou inscrevê-lo na prova de nado livre, no campeonato da África do Norte, em Argel! – exclama Menut, ajudando-o a sair da piscina. – E não para participar, mas para ganhar.

– Tenho apenas dezesseis anos, há muita gente muito mais experientes que eu.

– Você conhece o ditado, meu pequeno Alfred: nas almas bem-nascidas, o valor não espera os anos. Palavras de Corneille, se não me engano.

Uma chance em um milhão. Naquele 5 de setembro de 1931, o clã Nakache em peso se reúne na piscina olímpica. Até seu pai, David, faz a viagem. Só falta Paule, seu sorriso radiante, seus grandes olhos verdes. Aquela é a hora de todas as esperanças, de todas as promessas. Durante o verão, Alfred nada mais de três horas por dia, recuperando a falta de treino do último trimestre. Ele só se abstém na festa de

Tisha Beav, que celebra a queda do Templo de Jerusalém, em meados de agosto. Naquele dia, Rose e todas as mães do bairro lhe garantem, o mar fica infestado de tubarões e punhais. Nada de correr riscos, nem na piscina.

No resto do ano, ele tem pouco tempo livre. Como muitas crianças judias de Constantina, nas manhãs de quinta-feira e domingo, ele assiste, além das aulas no liceu de Aumale, as da Alliance, a escola hebraica. Uma escola religiosa onde é preciso aprender tudo de cor, hebraico, orações, história da Bíblia e do judaísmo, e onde qualquer alteração do regulamento, qualquer desleixo, é punido com castigos corporais, bofetadas, puxões de orelha ou, pior, com golpes de régua nas mãos e nas solas dos pés, a temível *tcharmela*.

Em seu bloco de partida, alguns segundos antes da largada, Alfred sente as pernas fraquejarem. Por causa da pressão. Do calor abrasador. Do medo de não conseguir. Ele estremece, lança um olhar inquieto para a família, que lhe devolve incentivos ruidosos.

– Vá com tudo, irmão! – grita Prosper, que se aproxima da piscina, apoiado na balaustrada.

Alfred sorri, mas seus olhos revelam o pânico que se apodera de todo seu corpo. Tiro de largada! Ele mergulha o mais longe possível. *Cem metros em nado livre, Alfred, só 100 metros...* Mas sua mente se embaralha e se perde na agitação da água, que se tornou hostil. Fazendo força com os braços, ele engole água, uma vez, duas vezes, enquanto um clamor surdo, de sons graves, troa em seus ouvidos. *O que eles estão dizendo?... Onde estou?... Onde estão os outros?...* Alfred se desnorteia, sai de sua raia, continua a competição numa diagonal cega. Prosper leva as mãos à cabeça. Seu pai também esconde os olhos. O locutor anuncia: "Alfred Nakache, desclassificado". Primeira competição, primeiro fracasso. Alfred fica longos minutos na beira da piscina. Sozinho, prostrado.

– Precisamos trabalhar juntos a cabeça – tranquiliza-o o treinador, colocando um roupão em seus ombros. – Você não poderia sonhar com melhor lição.

No caminho de volta, no trem da grande rodovia Ujda–Orã–Argel–Constantina–Ghardimaou, pai e filho não trocam nenhuma palavra. No dia seguinte, na hora do licor de anis, o aperitivo preferido dos constantinenses, nos terraços lotados da Rue de France, os homens comentam aquilo que todo o Kar Chara vive como um banho de água fria. *L'Écho sportif du département de Constantine* vai direto ao ponto: "A competição mais esperada do dia foi arruinada pela imperícia do jovem Nakache, que saiu de sua raia. Que cabeça de vento!".

*

Alguns meses depois, uma segunda ocasião se apresenta. Uma competição no mar, um dia depois do Natal, na baía de Philippeville, a cem quilômetros de Constantina. Quatrocentos metros de nado livre em águas mais agitadas do que em Sidi M'Cid. Na praia do Lido, abaixo das colinas cobertas de pinheiros e cedros centenários, a efervescência é grande. Toda a boa sociedade argelina e constantinense se reúne na praia para assistir à tradicional "Copa de Natal de Constantina".

Nesse tipo de prova, a vantagem é dos parrudos, capazes de levantar grandes volumes de água e enfrentar as ondas. Artistas do nado que se abstenham. Alfred não deveria dizer isso, mas dessa vez, antes mesmo da partida, ele sabe que tem uma competição a ganhar. Basta ver como os outros nadadores olham para seus próprios bíceps para tentar se convencer disso. Acima de tudo, a lição foi aprendida. Naquele dia, ele mantém seu alinhamento com um rigor militar, não bate em nenhuma boia, percorre o mar conscienciosamente. Primeira vitória. Longe das piscinas, em pleno mar. Como nos sonhos de criança, ele vai parar no topo do pódio.

Para o frangote que, em Argel, tremera no bloco de partida, esse primeiro título autoriza todas as esperanças. O clã Nakache fica estupefato. Em casa, seus irmãos menores erguem o troféu pulando na cama. Como se segurassem a Jules-Rimet, a nova Copa do Mundo de futebol, vencida no ano anterior pela seleção Celeste, no Uruguai. Sua avó prepara um almoço de rei: cuscuz de ovelha e torrone como sobremesa. Pela primeira vez, Alfred experimenta a alegria bruta de levar felicidade às pessoas que ama.

Sobre a música do Cheikh

Uma vez por semana, naquele verão de 1932, Paule e Alfred, calçando simples sandálias, percorrem as ruas da velha Constantina e seguem a trilha acima dos desfiladeiros. É ali, ao pôr do sol, numa das primeiras curvas que oferecem uma vista extraordinária para as rochas, as cascatas e a vegetação, que eles costumam se encontrar e se deliciar com figos-da-barbária colhidos por um jovem comerciante árabe. A cada uma dessas escapadas, eles tiram de um cesto forrado com folhas frescas uma fruta madura, vermelho--alaranjada, e, com a ponta de uma faca, abrem o invólucro espinhoso da polpa suculenta e doce que se confunde com os beijos que eles trocam, protegidos por moitas, cactos e agaves.* Em torno deles, miríades de pequenas flores de adônis vermelhas rodopiam sob o vento suave. Na Páscoa, as mesas são ornadas com essas flores em copos d'água. Os judeus de Constantina as chamam de gota-de-sangue. Paule e Alfred costumam ficar até tarde naquela natureza suntuosa,

---
* Cena inspirada nas recordações de Claude S., nascido em 1933 em Ujda, que viveu vários anos em Constantina e cuja família era próxima da de Paule.

na beleza esmagadora da rocha fendida em desfiladeiros, sentados no chão de pernas cruzadas, contemplando o instante misterioso em que o céu perde seu sol e mergulha na noite e no silêncio.*

Nesse mesmo verão, Alfred começa a frequentar Cheikh Raymond, o jovem príncipe da música malouf que encanta Constantina com suas melodias árabe-andaluzas. O músico, três anos mais velho que ele, acaba de receber o prestigioso título de *Cheikh* – "grande mestre". Os dois se conhecem há tempo. Ambos cresceram sob a educação estrita da escola hebraica, na Rue Thiers. E guardaram daquele período uma ambição, um senso do esforço, uma retidão e um sólido conhecimento dos textos sagrados.

Os dois são alvo do mesmo reconhecimento maravilhado que faz brilhar as pupilas dos mais jovens e dos mais antigos – Raymond na música, Alfred nas piscinas. Personalidades ouvidas, cortejadas. O verdadeiro sobrenome de Raymond é Leyris. E sua história, sozinha, é um retrato da cidade e de suas mil influências. Cheikh Raymond é judeu por parte do pai, Jacob Levi, filho de uma católica, Céline Leyris, usa um nome francês... e canta em árabe. Amado por todos, venerado como herdeiro e guardião de segredos musicais que datam dos longínquos séculos do esplendor da Andaluzia. Sempre pronto a encantar com sua voz quente e seu *oud*, o alaúde utilizado em Constantina, os casamentos, os Bar Mitzvah e inúmeras outras cerimônias familiares.

Cheikh Raymond tinha uma profissão, era pintor de paredes, mas naquele ano, como Alfred, sua paixão ocupa

---

* Segundo as palavras de Claude S.

todo o seu tempo. Entre os locais onde Cheikh Raymond toca seu repertório, há um reservado aos iniciados, em que as crianças não podem entrar e a presença das mulheres é malvista: o *fonduk*. Num livro sobre Constantina, Alfred lera uma espantosa descrição: "O *fonduk* é ao mesmo tempo um hotel e um conservatório, um caravançará e um banco de areia, um oásis de alta civilização e um antro de paixões, um lugar de perdição e um refúgio salvador".* Naquela noite, no Café de Paris, Alfred, que tem apenas dezessete anos, quer saber mais sobre aqueles lugares cheios de mistérios.

– Foi no *fonduk* Benazzouz que aprendi tudo – lhe conta Raymond. – Eu tinha apenas treze anos, era um dos mais jovens. Eu ouvia o grande Abdelkrim Bestandji, o rei inconteste do *oud*. Um homem apaixonado que preferia tocar a noite toda para os amigos do que duas horas bem pagas no salão de um comerciante rico.

– Ele reconheceu em você um futuro talento, por isso o aceitou?

– Sem dúvida, Alfred, como você. Um dia, alguém cruza seu caminho, acredita em você, e sua vida muda para sempre.

– Qual foi a primeira coisa que você acha que ele notou?

– Não sei se meu jeito de tocar ou cantar, talvez os dois. No Benazzouz, diziam que eu tinha facilidade tanto nos graves quanto nos agudos. Para a música malouf, que expressa a nostalgia e os sofrimentos internos, isso é importante.

– Você me leva lá, um dia?

---

* Segundo o livro de Bertrand Dicale, *Cheikh Raymond, une histoire algérienne* (Paris: First, 2011).

– Mais fácil você me levar a uma piscina – ele ironiza.

Na semana seguinte, Alfred se vê não em Benazzouz, mas no pátio florido do *fonduk* Ben-Azéim. Sob o olhar bondoso de Raymond, ele se senta discretamente à sombra de uma figueira, fascinado com aquele ambiente fora do tempo em que os cantos e as notas do alaúde de seu amigo se dissipam em espirais de haxixe. Em torno dele, marginais boquiabertos e notáveis dos bairros nobres comungam em torno do que Cheikh Raymond, do alto de seus vinte anos, elegantemente chama de "dor maravilhosa". Alfred se sente um pouco alheio àquele universo cheio de melancolia e paraísos artificiais, mas se deixa levar. Ele fecha os olhos, entra suavemente em meditação, se deixa submergir por novas emoções. *É mais ou menos como na água*, ele pensa. Na água onde, sob intenso esforço – somente os nadadores sabem disso –, o sofrimento pode beirar o êxtase.

Maio de 1944. Simulacro

No meio do pátio de inspeção de Auschwitz III, os guardas da SS erguem um ringue quase perfeito, na altura certa e com cordas impecáveis. Várias dezenas de fileiras de cadeiras reservadas aos dignitários nazistas cercam o quadrado no qual Victor Young Perez, campeão mundial de peso-mosca, se prepara para enfrentar um guarda do campo, antigo boxeador amador de peso-médio, muito maior e mais forte que ele – muito mais bem alimentado, principalmente. O adversário de Victor é treinado por Kurt Magatans, prisioneiro comum, outrora um honrado boxeador, condenado à prisão perpétua por três assassinatos. Atrás, agachados ou em pé, um punhado de detentos selecionados assiste àquele confronto de opereta. Entre eles Alfred, que divide com Victor a condição de grande campeão internacional.

    Victor também não tem escolha e precisa satisfazer os caprichos de seus algozes. Ele se vira para Alfred, que lhe faz um discreto sinal com a mão. Reconhecimento mútuo de duas estrelas do esporte francês vivendo o absurdo. Victor se concentra, para recuperar seu jogo de pernas rodopiante. Desestabilizar o adversário, fazê-lo correr, cansá-lo. Diante da corpulência do alemão, ele não tem escolha. Os oficiais se deliciam com o espetáculo. Alfred, por sua vez, não tira os olhos de Victor. O garoto de Túnis já não tem a mesma tonicidade, seus movimentos estão mais duros, mais entrecortados, mas ele consegue de tempos em tempos dar alguns ganchos nas costelas do guarda, que esboça uma careta.

Os rounds se sucedem sem que nenhum dos dois boxeadores tenha uma real vantagem. Em Victor, Alfred percebe, aquela situação é voluntária. Ele não pode ofender os homens que têm direito de vida e morte sobre sua pessoa. Depois de doze rounds, o árbitro declara a luta nula, sob os aplausos dos oficiais. Escolha curiosa, quando seria tão fácil decretar uma vitória. Victor quer acreditar que aquela noite pressagia um destino melhor. Que a condição de campeão é seu melhor escudo. Descendo do ringue, ele caminha até Alfred, comovido de encontrar, mesmo naquelas circunstâncias sinistras, aquele que tantas vezes aparecera nas capas das revistas esportivas. Eles não se conhecem, mas se apertam as mãos demoradamente.

– Você tem o mesmo sorriso da capa da *Match* – diz Victor como um velho amigo.

– Eu teria preferido cruzar com você num bar de Montparnasse, mas é a vida. Parabéns pela luta, de todo jeito, você fez a coisa certa. Em todos os sentidos!

Os dois homens se afastam enquanto os prisioneiros começam a desmontar o ringue sob as vociferações dos guardas. Um oficial olha para eles, perguntando-se o que eles podem estar conversando. Mas os deixa em paz, talvez julgando que merecem aquele pequeno parêntese. Encostados no muro externo, Alfred e Victor dão início a uma conversa desenfreada, tão desordenada quanto alegre, como se tivessem urgência de se dizer mil coisas. Como se o tempo fosse contado. Eles falam das terras de suas infâncias – a Tunísia, a Argélia –, de suas famílias trabalhadoras e modestas, das festas tradicionais que ditam o ritmo da vida dos judeus da África do Norte, da cultura que os une acima de tudo.

Curiosamente, naquele dia, eles não dizem uma palavra sobre suas vidas esportivas. Como se tudo aquilo, no fundo, fosse secundário. Alfred prefere mencionar seu encontro com Cheikh Raymond, o pequeno príncipe da música malouf, suas melopeias cheias de nostalgia e também de promessas de vida. Ele cantarola a melodia de *Insraff Zidane*, caindo na gargalhada.

– Desculpe, sou uma verdadeira taquara rachada!

Victor sorri por sua vez, iluminando com uma breve luz jocosa seus olhos tão tristes.

– O que mais me marcou na infância foi a leitura que meu pai me fez de *O conde de Monte Cristo*.

– Monte Cristo?

– Sim, um romance escrito por Alexandre Dumas.

– O autor preferido de minha professora de francês no liceu de Aumale. Mas nunca li.

– Eu também não, não se preocupe. Meu pai o lia nas noites de shabbat, recitava passagens inteiras. Para a ocasião, vestia seu djelaba cor de ferrugem.

– E o livro fala de quê?

– De um homem no fundo de um buraco, prisioneiro no castelo de If, na costa de Marselha, que encontra o caminho para a liberdade e a felicidade. Edmond Dantès, que logo se torna o conde de Monte Cristo!

– Mais ou menos como nós – brinca tristemente Alfred.

– E por que não, meu velho? Ouça isso, sei uma passagem de cor: "Enquanto Edmond Dantès se deixava levar ao desespero, da cela vizinha chegou até ele um som como o de um leve arranhar. Ele prestou atenção e ouviu uma voz suave. Era o abade Faria".

– O salvador?

– De certo modo. O encontro que mudaria tudo. Nosso pai dizia: "Vejam, meus filhos, depois do sofrimento vem a libertação. Seus inimigos acreditavam ter destruído Edmond, mas Deus teve piedade dele e fez um milagre a seu favor".*

Se ao menos os livros tivessem razão, pensa Alfred, olhando para os arames farpados que os prendem, ao longe. Ele não tem tempo de responder a Victor, pois um oficial os intima a voltar para os barracões.

– Vamos dar um jeito de conversar de novo – murmura Alfred. – Da próxima vez, você me falará um pouco de boxe. E, mais uma vez, *mabrouk* pela luta!

*

Os milagres às vezes se fazem esperar. Algumas semanas depois, Victor, designado a trabalhar na cozinha, surrupia uma tigela de sopa cheia de legumes e carne para levá-la clandestinamente a um amigo faminto. Assim que ele

---

* Segundo a biografia de Victor Pérez, escrita por André Nahum, *Young Perez Champion. De Tunis à Auschwitz, son histoire* (Paris: Télémaque, 2013).

sai pela porta, é agarrado pelo colarinho. O guarda o atinge violentamente com um bastão e, depois de confabular com seus superiores, o atira num calabouço, onde ele fica preso por quinze dias, com uma família de ratos. Victor perde o posto na cozinha, escapa por pouco da *selektion* – o envio para a câmara de gás – e é designado para um comando de trabalhos de terraplanagem.

A partir de então, seu estado de saúde física e mental se degrada rapidamente. O conde de Monte Cristo se apaga. O filho dos *souks* se torna uma sombra de si mesmo.

Janeiro de 1933, o grande salto

Como a cada inverno, neva em Constantina. O frio, naquele ano, é grande. Tão intenso quanto o bafo de verão nos apartamentos de Kar Chara, fustigados pelo siroco. Das sacadas com balaustradas em ferro fundido e dos terraços dos prédios, as crianças fazem intermináveis batalhas de bolas de neve, arriscando-se a acabar o dia com os dedos inchados e rachados devido ao frio. Nem os banhos de urina morna dados pelas mães são suficientes para acalmar as dores. Mas a brincadeira vale a pena. E os flocos de neve, ali, não resistem muito ao retorno do sol.

Em Sidi M'Cid, ao pé da falésia, a piscina alimentada pela cascata segue aberta. Alfred continua seu treinamento numa água cuja temperatura nunca cai abaixo dos 22ºC. Sua vida, no entanto, ele bem sabe, está prestes a sofrer uma grande reviravolta. Nos escritórios da Juventude Náutica Constantinense, Gabriel Menut, o diretor esportivo, tinha sido categórico.

– Você precisa partir, Alfred, conviver com os grandes, seu futuro agora está na metrópole.

Paris. Um salto no desconhecido. Longe dos pais, da irmã, dos irmãos. Longe também de Paule e de suas grandes gargalhadas. Ela lhe promete que um dia irá a seu encontro. Com Alfred, ela começara a nadar com mais regularidade. Não se sonhava uma campeã, mas de bom grado se sonharia professora de esportes. E por que não de natação? Ela fala a respeito com os pais, que têm familiares em Paris. Paule não passa um dia sem insistir com eles. Os pais de Alfred, por sua vez, se preparam para a partida de seu pequeno prodígio. Ao ser informada de sua decisão, Rosa, sua madrasta, começa a chorar. Sarah, sua avó, se refugia na cozinha, onde prepara, em silêncio, doces de limão e canela. David, seu pai, abre um grande sorriso. Desde a Copa de Natal, ele – que era tão cético quanto a suas ambições esportivas – é seu maior apoiador. Seus irmãos mais novos, Prosper e Roger, à guisa de despedida preferem fazer piadas em vez de abraçá-lo.

Pela primeira vez, Alfred atravessa o mar. Do convés posterior do *Ville d'Alger*, magnífico transatlântico de aço construído dois anos antes em Saint-Nazaire, ele acompanha o afastamento, com as mãos transidas de frio, da única terra que ele conheceu. Assim que pisa no solo de Paris, uma onda de nostalgia o submerge. Com mais força do que a do maravilhamento de conhecer a Cidade-Luz. Onde se esconde o céu do Mediterrâneo? O perfume das flores de laranjeira? Onde se esconde o rochedo de Constantina, a ponte suspensa, a cidade com fama de inexpugnável, que entre os judeus é chamada de "pequena Jerusalém"? Os árabes, por sua vez, a chamam de *bled el houa*, que, segundo o pai de Alfred, quer dizer *cidade aérea*, ou *cidade da ravina*, ou ainda *cidade das paixões*.

Alfred se sente um pouco perdido naquele universo plano e mineral. Somente a torre Eiffel o lembra das pontes metálicas que unem, vertiginosamente, as gargantas do Rummel. Mas é em Paris que sua vida segue um novo caminho. Em Paris que o sacrifício da distância produz as mais belas recompensas. Aos dezessete anos, ele se vê exilado, desenraizado, atravessado por mil sentimentos contraditórios. Distante da família, do amor de sua vida, mas entusiasmado com aquele futuro que se anuncia radiante.

Alfred consegue uma bolsa. No liceu Janson-de-Sailly, do qual se torna pensionista. Um estabelecimento distinto da capital, na Rue de la Pompe, no 16º *arrondissement*. Na primeira vez que o visita, ele fica paralisado na frente do jardim do pátio principal. Quatro quadrados de grama perfeitamente cortada e, no centro, uma fonte de água azul-clara na qual ele mergulharia os pés de bom grado se não fosse estritamente proibido fazê-lo. Geometria perfeita, regular, quase excessiva, ele pensa, tendo crescido numa confusão de ruelas, becos, praças sombreadas, casas acavaladas e disformes.

No ano anterior, Viviane Sellier, sua professora de francês no liceu de Aumale, lera em sala de aula o que Alexandre Dumas, o criador de *Os três mosqueteiros*, escrevera sobre o bairro judeu de Constantina. Alfred copiara minuciosamente o trecho em seu caderno, de tanto que a descrição lhe parecera adequada: "Uma inextricável rede de ruelas na qual se estende um labirinto de construções incompreensíveis; recantos que parecem abrir passagens que não levam a lugar algum, entradas falsas e sem saída, simulacros de casas em que é impossível distinguir as laterais e indicar a fachada".

Uma alegre desordem, na verdade, na qual os europeus, do outro lado de uma linha invisível que atravessa a cidade, não se aventuram. No liceu Janson, Alfred é admitido no último ano para preparar a segunda parte de seu *baccalauréat*.* Na sala de aula, diante dos alunos em posição de sentido, o diretor o apresenta como uma promessa da natação recém-desembarcada da Argélia. É o mesmo que chamá-lo de estrangeiro, embora de um modo um pouco especial. Ele tem os cabelos pretos e espessos, as sobrancelhas desgrenhadas, a tez morena e um tronco tão musculoso que sua camisa quase se rasga ao menor movimento.

– Conto com vocês para que o senhor Nakache se adapte da melhor maneira a sua nova vida parisiense – ordena o sr. Legrand.

E o diretor dá início a um pequeno interrogatório improvisado.

– Quem pode me falar da Argélia?
– É um departamento francês! – exclama um aluno.
– Desde quando?
– 1870!
– Retome a matéria, meu amigo. Essa bela aventura começou em 1830, há exatamente um século.

Alfred conhece essa história de cor e salteado. Em Constantina, é impossível dar um passo sem se deparar com uma estátua de um dos heróis da conquista. Ao menos é assim que eles são apresentados. Quantas ruas, praças e avenidas têm nomes de militares franceses que subjugaram aquele pedaço do Mediterrâneo? O duque de Nemours,

---

* Exame de conclusão do ensino médio francês. (N.E.)

filho de Luís Filipe, o coronel Lamoricière, que comandou o ataque, os generais Caraman, Damrémont, todos têm estátuas na cidade. Orgulhosos, dominadores, esculpidos para a eternidade. A estátua de Lamoricière é gigantesca. A sra. Cherki, sua professora de história, lhe sussurrara no dia em que a turma visitara os pontos turísticos de Constantina:

– A tomada da cidade, em outubro de 1837, foi selvagem. Um massacre. Um banho de sangue.

– Como assim?

– Nunca esqueça que, pressionados pelos soldados franceses, os nativos amarraram cordas às muralhas para descer a falésia nas gargantas do Rummel. A descida virou um inferno. Uma a uma, as cordas se romperam e centenas de homens se estatelaram nas pedras.

Alfred não esquece. Seu apego a Constantina transcende as comunidades que constituem essa cidade cosmopolita. Muçulmanos, judeus, católicos, todos são, acima de tudo, constantinenses. Nos jardins do liceu, Alfred tenta adotar a melhor postura possível: descontraído, sorridente, piadista como seus irmãos. Um aluno baixinho de óculos redondos que lhe conferem um ar de intelectual logo simpatiza com ele. Ele se chama Émile, mora no bairro, é filho e neto de padeiros. Seu avô começara a trabalhar em Le Havre no mais belo palacete da época, o hotel Frascati.

– Foi lá – ele diz, percorrendo as alamedas do liceu – que começou a moda dos banhos de mar. Na grande praia de Le Havre ou na base das falésias de Étretat, as mulheres chegavam à beira d'água em carroças puxadas por cavalos. Depois, homens fortes as carregavam no colo e as mergulhavam na água. Meu avô chamava isso de banho de onda.

Émile não tenta bancar o espertinho ou exibir seus conhecimentos, apenas compartilhar. Um temperamento bom, generoso, como Alfred gosta. Ele confessa ser péssimo em ginástica e nadar como um sapo, mas se diz apaixonado por esportes. Seu pai lhe compra toda semana o jornal *Le Miroir des sports*, cujos melhores artigos ele religiosamente recorta e classifica por modalidade.

– Meus preferidos são futebol e boxe! – ele exclama.

– De tempos em tempos, meu pai me leva a Colombes para os jogos do Círculo Atlético de Paris e à sala Wagram para as lutas de Marcel Thil. Ele é meu ídolo. O homem dos "punhos de ferro".

– Eu gostaria muito de ver Henry Armstrong no ringue! Adoro os americanos. E de natação, sabe algo?

– Pouco. Com exceção de Jean Taris, é claro, o primeiro nadador francês a fazer 100 metros de nado livre em menos de um minuto.

– Sim, ele é o maior. Oito recordes mundiais em dois anos. Ele vai acabar nos trazendo uma medalha de ouro nos Jogos Olímpicos.

– Ele quase conseguiu, não?

– No ano passado, nos Jogos Olímpicos de Los Angeles, foi por pouco. Nos 400 metros de nado livre, ficou um décimo de segundo atrás do americano Buster Crabbe, o ídolo das mulheres.*

– E você, sonha com os Jogos Olímpicos?

– Ainda é cedo para pensar nisso, quem sabe um dia.

---

* Buster Crabbe, futuro Tarzan nas telas.

– Aposto que sim! – Émile se entusiasma. – Talvez você seja o único medalhista de ouro de quem eu terei apertado a mão.

Em seus olhos, mais do que bondade, Alfred lê admiração. Ele gosta daquilo. Émile se tornará seu amigo de todas as horas, como os verdadeiros amigos. No liceu Janson-de-Sailly, no entanto, outros cruzam com ele e não têm a mesma luz nos olhos, que inclusive se tornam sombrios. Ele é judeu. E eles não gostam muito dos judeus. Ele sabe disso muito bem. E precisa enfrentar seus sarcasmos, suas insinuações, seus insultos. Eles não são maioria, mas seus ataques machucam. Um imita seus passos, caminhando como um pato, com os pés para fora, outro modifica seu nome – Alfred Esconde-Esconde... quem quer brincar de esconde-esconde com Alfred? – e passa por ele com uma gargalhada.

Na maioria das vezes, ele ouve apenas um *judeu, judeu*, sussurrado quando passa por um corredor cheio de alunos e não consegue identificar a boca que o emite. Um sibilo de serpente. Sorrateiro e por isso mesmo violento. Seu pai o avisara daquilo, do ódio aos judeus que não parava de crescer na Europa. *Sempre mantenha a cabeça ereta e o sorriso no rosto, meu filho*, o único conselho que ele lhe dera. Então ele sorri, finge indiferença ou espanto risonho, reprime as pequenas agulhadas que ferem o coração. Ele às vezes se surpreende mostrando a língua, como um garotinho, como fazia quando os irmãos o irritavam. Ele mostra a língua e arregala os olhos. *Diante dos idiotas, melhor bancar o palhaço.*

Às vezes Émile o acompanha até o treino, na piscina do Clube Náutico de Paris. Sempre levando embaixo do braço o *Le Miroir des sports*. O balé dos nadadores parece encantá-lo. Ele pode admirar o grande Jean Taris, líder incontestе do crawl, que se torna um modelo para Alfred, depois um padrinho. Quando passa por Émile, Alfred vê sua cabeça indo para cima e para baixo: um olho na água, outro na seção de esportes de suas revistas. Alfred inveja seu jeito de ser, mais calmo que água de poço, aperfeiçoando seus conhecimentos de futebol, enquanto ele passa horas engolindo água.

No clube, ele sente que nem todos são amigos. Jacques Cartonnet, em especial, o líder do nado peito. Na equipe, todos o chamam de "Carton". Um nadador tão longilíneo e esbelto quanto Alfred é atarracado e musculoso. Seu nado é macio e gracioso. Ele nem parece fazer força com os braços. Quando sai da água, Carton mal tem a respiração acelerada. Com despreocupação, ele veste um roupão, arruma os cabelos com um pequeno espelho de mão e começa a conversar, com o sotaque um pouco esnobe que faz todos os outros parecerem camponeses. Alfred lê em vários artigos que Carton é filho de uma família da grande burguesia parisiense. E visivelmente não perde a chance de deixar isso bem claro. Assim como nunca esquece, diante de seu público, de provocar Alfred:

– De onde você vem, mesmo? Eu não sabia que se aprendia a nadar na terrinha...

Pobre imbecil. Alfred não lhe mostra a língua, embora sinta muita vontade. Ele se contenta, como preconizava seu pai, em oferecer seu mais belo sorriso. Mas desde o primeiro olhar ele soube. Soube que dali viriam possíveis problemas.

*

Paralelamente aos treinos, Alfred estuda para obter o diploma de instrutor de ginástica. Um pouco de teoria, muita prática, e a perspectiva de finalmente se sustentar. Para além das medalhas, suas vitórias não lhe rendem nenhum centavo. E as repetidas provocações de Cartonnet começam a desgastá-lo. Quantas vezes ele se queixa de dor de barriga? Ele ensaia várias vezes as palavras que dirá ao grande treinador da natação francesa. *Eu me enganei, por favor aceite minhas desculpas, a pressão é grande demais.* Mas em dois dias sem água, sem piscina, uma sensação ruim o consome. É físico. Ele se sente como uma planta seca, murcha, que espera ser regada para recuperar o vigor, a vitalidade, a cor. A velocidade o inebria, sim. No nado crawl e, há pouco tempo, no nado borboleta, reservado aos fortes, aos grandes, aos furadores de ondas, que ele acha que poderá se tornar seu vício. Nakache talvez não tenha a elegância de Carton, o grande estilista, o artista das piscinas, ele talvez não passe de um lavrador das piscinas, mas quanto mais nada, mais ele acelera, devorando a água, furando as ondas, ultrapassando um a um seus adversários e batendo primeiro na parede de chegada. *Quem sabe, Cartonnet? Um dia, o camponês de Constantina, o pequeno judeu da Cabília, deixará você e sua arrogância bem-nascida para trás...*

Paule, primavera de 1934

E se aquele fosse o melhor dia da sua vida? Paule decidiu que seria. Ela convenceu seus pais a deixá-la ir para Paris, à casa de seu tio-avô Mickaël, cirurgião-ortopedista no Hôtel-Dieu, na Île de la Cité. Mickaël e a mulher Maud moram na Rue du Faubourg-Saint-Antoine, perto da Bastilha, num grande apartamento burguês. Um feito que orgulha todos os que vivem do outro lado do Mediterrâneo. Paule terá um quarto. Espaçoso. Como Alfred, ela estudará em Paris e se tornará professora de educação física. Ela lhe escreveu uma mensagem num bonito papel de carta com um burro em primeiro plano e, no fundo, os vales profundos e a piscina de Sidi M'Cid.

Meu Alfred, agora é certo, vou a seu encontro. Papai e mamãe acreditam em nós. A admiração deles por você só se iguala à minha. Infinita. Quero estar a seu lado, rir com você, apoiá-lo. Quero ser sua mulher para sempre.

Alguns meses depois, na frente do prédio da Escola Normal Superior de Educação Física, eles finalmente se reencontram. Abraço de dois adolescentes que ainda não são totalmente adultos, mas que fazem planos para o futuro, certos de seu destino. Depois das aulas, eles adquirem o hábito de caminhar nos jardins do Trocadéro ou no parque Monceau. Ele fala de natação, das esperanças em sua pessoa, das próximas competições, do extremo prazer que o nado e a velocidade lhe proporcionam, mas também de suas dúvidas, cada vez mais frequentes, que o importunam a ponto de fazê-lo querer parar com tudo.

Como ela, ele sente falta de Constantina. Constantina o preocupa. Em 5 de agosto de 1934, suas famílias levam um susto: o bairro judeu é cercado por muçulmanos raivosos. São 25 mortos na comunidade judaica, entre os quais seis mulheres e quatro crianças, mais de duzentas lojas saqueadas. Na Rue Abdallah-Bey e na Rue des Zouaves, duas famílias são massacradas à faca em seus apartamentos. As revoltas chegam a Aïn Beïda, Sétif e várias aldeias do leste. Tudo isso quem lhe conta é sua madrasta Rose numa carta transtornada, porque um judeu embriagado teria insultado um muçulmano na hora da oração. "E dizer", escreve ela, "que em Kar Chara ouvimos tanto os sinos da catedral quanto os chamados dos muezins em seus minaretes brancos! O que está acontecendo com nossa história? Tenho medo, meus filhos, que nosso bairro faça jus a seu nome: na beira do abismo..."

O dia 5 de agosto, para todos os judeus constantinenses, marca de fato uma ruptura. Uma parte de seu mundo se desmancha com esse primeiro pogrom cometido em solo argelino. Uma violência coletiva até então inimaginável e que pode reaparecer a qualquer momento. Há várias semanas, Alfred recebe notícias de uma nova tensão entre judeus e muçulmanos. Depois da onda de choque da crise de 1929, os camponeses e os pequenos comerciantes árabes tinham empobrecido e um rancor se desenvolvera contra os fornecedores que deveriam ajudá-los. Ora, a maioria deles eram judeus. O governo francês também teria decidido suprimir as licenças de caça aos muçulmanos, deixando os judeus se armarem livremente com espingardas. Para alguns, como o dr. Bendjelloul, carismático tribuno muçulmano de Constantina, assistia-se a uma inversão da ordem estabelecida havia séculos pelo estatuto da *dhimmi*.* A sensação era de que os judeus estavam acima dos muçulmanos e aproveitavam essa condição para desprezar o islã. Some-se a isso os textos de Henri Lautier, antissemita patológico que inflamava os muçulmanos contra os judeus e enchia os muros da cidade de "Constantina = Judeuville", e pronto, tinham-se todos os fatores que levaram à primeira escaramuça, que acabou com a harmonia *andaluza* tão apreciada por Rose e pela imensa maioria de constantinenses.**

Sentado num banco que dá para o pavilhão circular na entrada do parque, Alfred se deixa invadir por uma sensação estranha, mistura de tristeza e abatimento. Uma dor violenta aperta seu estômago. E, pela primeira vez desde que deixara a Argélia, lágrimas escorrem por seu rosto. Ele detesta chorar, principalmente na frente dos outros. Mas Alfred não está apenas chorando, ele está se esvaindo em lágrimas. Um

---
* Direito ao mesmo tempo discriminatório (pagamento de um imposto) e protetor (liberdade de culto) que se aplicava aos súditos não muçulmanos, principalmente judeus e cristãos, de um Estado sob governo muçulmano. Esse direito é então abolido, mas continua muito presente nas mentalidades.
** No censo de 1931, Constantina conta com 51.445 muçulmanos, 36.092 europeus e 12.058 israelitas.

caudal de água salgada, uma barragem que se rompe, uma onda incontrolável. Ele soluça como uma criança, cercado por um bando de pombos que arrulham, indiferentes. De onde vem aquele fluxo ininterrupto? Ele se sente miserável. Um frangote, seu primo dizia. Ele estava certo. Paule se aproxima, pega um lenço, seca delicadamente suas bochechas. Mais que qualquer um, ela entende sua sensação de desenraizamento. Somente os exilados de longa duração, que fogem para salvar a pele ou, como ele, que estão em busca de um grande sonho, conhecem aquele estado de alheamento e solidão que desnorteia. Queimaduras do silêncio.

Com voz doce, ela murmura em seu ouvido:

– Alfred, quantos garotos e garotas sonhariam em poder se realizar numa atividade e se distinguir nela? Todos! E todos, à noite em suas camas, se amaldiçoam por não ter talento suficiente ou, quando eles têm, por não ter a energia, a constância e a perseverança de ir até o fim. Você tem sorte, Alfred, uma grande sorte, e as pessoas que o aclamarem à beira da piscina viverão através de você o que elas gostariam de ter realizado. Eu em primeiro lugar.

– Gentileza sua, Paule.

– Acredito realmente nisso. Você conhece a parábola dos talentos: O que você fez com seu talento?

– Não conheço.

– Vou trazer o texto amanhã. É uma parábola cristã, uma amiga me contou. Ela diz que cada filho de Deus deve fazer seus dons frutificarem, para si mesmo, mas principalmente para os outros.

Depois, com uma gargalhada, ela acrescenta:

– Viu só, meu único talento foi ter encontrado você!

O rei da água

Naquela tarde de domingo, eles passeiam por uma alameda sombreada do jardim de Luxemburgo, se detêm diante das estufas cheias de árvores frutíferas que lembram as laranjeiras de Constantina e se dirigem ao pequeno lago, onde admiram os barquinhos em miniatura que avançam aos solavancos, com a ajuda de um bastão, empurrados pelas crianças do bairro. O cinema Studio des Ursulines, para onde estão indo, fica bem perto. O filme que eles escolheram não é uma linda história de amor, nem o desopilante *Diabo a quatro*, dos Irmãos Marx, conhecido há pouco do público francês, mas um curto documentário sobre o ídolo e companheiro de piscina de Alfred, Jean Taris. Um jovem cineasta em voga em Paris, Jean Vigo*, se interessara pelo "rei da água", como ele o chama. Nas piscinas parisienses, todo mundo fala daquele filme em grande parte filmado embaixo d'água na piscina do Automobile Club. Uma estreia no mundo do cinema. Paule e Alfred, juntinhos um contra

---

* Jean Vigo, morto aos 29 anos, é autor de dois filmes cult, *Zero de conduta* e *O atalante*. Entre seus primeiros espectadores, François Truffaut disse lhe "dever seu olhar".

o outro, assistem a nove minutos de imagens magníficas e cheias de humor.

O roteiro escrito por Vigo parece hesitar entre a paródia, a admiração e o ensino da natação. Na tela, um árbitro das piscinas segura um megafone gigante, propositalmente ridículo, que arranca um sorriso de Alfred. "Alô, alô!", grita o homem de terno, "Na largada: Jean, detentor de 23 recordes franceses, todas as distâncias de 100 a 1.500 metros, recorde mundial nos 800 metros... Atenção, pronto?" Um tiro ecoa. E Jean move os braços a cem por hora numa água agitada cheia de reflexos prateados. Depois, com graça, Vigo faz o grande campeão sair da piscina em movimento reverso, como se rebobinasse a película. Jean volta ao bloco de partida e, de frente para a câmera, dá uma aula de natação aos espectadores neófitos.

A respeito do perfil do nadador, Taris garante com risonha autoridade: "A água é seu domínio, como o peixe. Sem dúvida há alguns movimentos a serem conhecidos, mas basta cair na água. Não se aprende a nadar no quarto. De minha parte, utilizo o crawl, que significa *rastejar*, e que permite um nado de fundo macio, bem como o de velocidade". Alfred se delicia com as palavras do mestre. Humildes, precisas, às vezes com toques de autoironia. Para o menino de Constantina, Paris rima com Taris, ele repete isso nos jornais. E ele segue os conselhos de Taris ao pé da letra. *No início, empurrão violento com as pernas, distensão dos braços, entrar em contato com a água quase na horizontal...*

Na penumbra do Studio des Ursulines, quando a palavra "fim" aparece em grandes caracteres, Paule continua aninhada nos braços de Alfred. Nenhum dos dois tem vontade de se levantar.

– E se assistíssemos a mais uma sessão? – ela pergunta.

*

A cada treino, Alfred põe em prática aqueles conselhos, até se aproximar de seu mestre. Nos campeonatos franceses de setembro de 1934, na piscina de Tourelles, em Paris, ele termina em segundo lugar no crawl, logo atrás de Taris, em 1 minuto, 2 segundos e 4 décimos. O desempenho faz com que pela primeira vez ele seja chamado para a seleção francesa e ganhe manchetes na imprensa. "O domador Taris", diz *L'Auto*, "a ponto de ser devorado pelo leão Nakache, soube evitar a patada do perigoso animal e por fim domá-lo." No ano seguinte, em Bordeaux, no dia 21 de julho de 1935, Alfred o destrona e quase sente vergonha. Depois desse título, perfis do jovem campeão da África do Norte começam a abundar nos jornais, entre admirados e intrigados. Será seu rosto de estrangeiro que desperta curiosidade? Seu jeito de mostrar a língua ao fim de cada competição – de brincadeira e não por provocação, como sugerem alguns jornalistas? Ou será seu nado sem graça, seu nado de carregador de móveis, feio mas extremamente rápido, que surpreende e repele os refinados da natação? Talvez um pouco dos três.

Nos jornais, ele é pintado como o rebelde genial do nado livre – já se trata disso. "O campeão de audácia indomável", diz Émile-Georges Drigny, ex-nadador que organizara as provas de natação dos Jogos Olímpicos de Paris, em

1924. A sumidade o analisa gentilmente no *Le Miroir des sports*: "Nakache não é o produto de uma adaptação perfeita, de uma verdadeira mecanização adaptada ao melhor estilo, pois seu nado está longe de ter atingido a perfeição: ele deve seu valor, essencialmente, a seu temperamento de lutador". E, para os que não tiverem entendido direito, ele repete: "Sem colocar ou trazer ao treino muito método ou perseverança, Nakache conta sobretudo com suas qualidades morais. Sob uma aparência atrevida e às vezes negligente, o nadador norte-africano esconde uma vontade em tudo notável". Paule recorta todas as matérias que o citam, se entusiasma com os títulos elogiosos e relativiza os comentários críticos. Faça sua parte e não se preocupe com o resto, esse é seu credo. E seu escudo. Pouco a pouco, Alfred sobe os escalões do sucesso e da notoriedade, vencendo cada vez mais troféus e medalhas. Seu treinador, Georges Hermant, não tenta corrigir sua técnica. Ele entende que seu verdadeiro trunfo é sua potência. E a raiva que se apodera dele quando a prova começa.

Enquanto isso, um novo tipo de nado começa a surgir: o estilo borboleta. A técnica consiste em dar um forte impulso com a bacia para elevar os ombros o mais alto possível e abrir ao máximo os braços, em seguida caindo na água e fazendo ondular todo o corpo, empurrando para trás um grande volume de água. Uma sequência de saltos dentro d'água, de certo modo. Somente os nadadores mais desenvolvidos fisicamente conseguem realizar o movimento. A maioria se exaure depois de uma braçada, literalmente sem ar.

– Esse nado se tornará o mais espetacular e popular do mundo – repete o treinador a Alfred. – Foi feito para você.

Abril de 1935. A tentação de Tel Aviv

O que ele faz ali, sob o céu da Palestina, em Tel Aviv, entre milhares de atletas judeus prontos para se enfrentar em várias modalidades dos Jogos de Verão? Para Alfred, os Jogos Olímpicos de Berlim de agosto de 1936, confiados à Alemanha em 1931, dois anos antes de Hitler chegar ao poder, ainda são um horizonte distante e incerto. Mas aquela reunião esportiva na Palestina, à qual ele é convidado pelo movimento sionista, lhe interessa muito. As Macabíadas. A segunda da história, depois das organizadas em 1932. Esses jogos pretendem, mais do que quebrar recordes, reunir os atletas judeus do mundo todo. Mil trezentos e cinquenta atletas vindos de 28 países. O alto-comissário britânico na Palestina, Sir Arthur Wauchope, autorizara a competição, desde que os atletas árabes e do mandato britânico também pudessem participar.

Para Alfred, aquele é tanto um período de experiência quanto um banho de luz e perfumes que desperta os cheiros de Constantina e a adesão ao sonho de uma futura terra judaica no Oriente. Uma demonstração de força, também. Em Paris, Alfred fala com frequência com membros dos

Maccabi, os clubes esportivos judaicos que recrutam seus membros nas classes médias. O momento é de ruptura com o clichê antissemita do "judeu franzino, mirrado e medroso", por meio de uma "cultura do corpo e do esforço físico", e não apenas de uma "cultura do estudo".

Alfred se lembra da estranha expressão que um de seus tios um dia utilizara em Constantina para incentivá-lo a fortalecer o corpo: "o judaísmo do músculo". Na época, ele não tinha entendido direito. Depois, ele lera os escritos de Max Nordau, inventor da doutrina baseada na *muscular christianity* dos protestantes: "De novo devemos nos tornar homens de troncos salientes, com corpos de atleta e olhar intrépido, e devemos criar uma juventude ágil, flexível e musculosa que se desenvolva à imagem de nossos ancestrais, os asmoneus, os macabeus e Bar Kokhba. Ela deve estar perfeitamente à altura das lutas heroicas de todas as nações".

O mínimo que podemos dizer é que Alfred, com seu corpo talhado na rocha, aprende a lição. Na piscina de Tel Aviv, sob as aclamações de um público vindo do mundo inteiro, ele conquista naquele dia, como recompensa por aquela viagem cheia de promessas, uma bela medalha de prata no nado livre.

Auschwitz. No telhado

Os corpos descarnados que se dirigem à enfermaria já não têm nada de humano. Eles têm órbitas escavadas, olhos fixos e sem expressão, que contam muito mais que o drama que vivem: o vazio.

O professor Robert Waitz é admirável em seu devotamento e bondade. A enfermaria a seu encargo ocupa seis barracões, do 14 ao 20, mas é no 18 que fica a maioria dos materiais. Alfred tem orgulho de ser um de seus auxiliares. Juntos, eles cicatrizam feridas, furam abcessos, furúnculos, atenuam pruridos insuportáveis causados por doenças de pele. Eles também criam uma rede para roubar pão e geleia de beterraba. Eles os distribuem discretamente nos barracões. Às vezes, se limitam a reconfortar, com uma palavra, uma brincadeira, aquelas almas dilaceradas.

Rapidamente, o professor Waitz pede a Alfred que o chame por seu nome próprio. Aos 44 anos, ele é um homem imponente de fronte larga, cabelos puxados para trás, que usa um grande guarda-pó branco. Ele lhe faz mil perguntas sobre sua história e sua superada fobia de água. Pouco a pouco, quando a sala de cuidados se esvazia, ele também faz confidências sobre o lado clandestino de sua trajetória.

– Depois da rendição, todos os pesquisadores e médicos da Universidade de Estrasburgo se retiraram para Clermont-Ferrand, na zona livre. É uma linda região, com picos cobertos de neve durante o inverno, lagos congelados que lembram as grandes imensidões do Canadá. Foi lá que começamos a nos organizar.

– Numa rede?

Ele se aproxima, cochicha no ouvido de Alfred.

– Primeiro com os Franco-atiradores d'Auvergne, depois com os Movimentos Unidos de Resistência. Me tornei o número dois. Depois da entrada da Gestapo na zona sul, multiplicamos as sabotagens. Até que caí numa armadilha. No dia 3 de julho de 1943, pela manhã...

– E quando chegou aqui?

– No dia 10 de outubro, comboio 60 de Bobigny.

Robert explica que, a pedido dos nazistas, montou um laboratório de análises médicas. E que somente depois lhe confiaram a enfermaria.

– Você conhece a lei aqui, Alfred. Os guardas são impiedosos com os doentes mais graves que não podem trabalhar. Esses, precisamos escondê-los, poupá-los da inspeção o quanto for possível, para que não sejam mortos.

– Como?

Ele olha para o teto, para uma pequena fissura do lado direito.

– No telhado.

Alfred não acredita. Ele não consegue acreditar. O risco que Robert corre é absurdo. Se ele for descoberto ou denunciado, por mais que seja uma sumidade da medicina, os guardas o executarão. No entanto, várias vezes, Alfred o ajuda a levar pessoas para aquele lugar de sobrevivência, tão estreito que só é possível se movimentar de quatro, em meio a uma escuridão total. Até Robert conseguir fazê-las se restabelecer. Ou proporcionar-lhes um fim menos brutal.

Dezembro de 1935

No La Coupole, no Boulevard du Montparnasse, um de seus endereços preferidos, Émile vai ao encontro do amigo Alfred com o livro que Jacques Cartonnet acaba de escrever. O título é sóbrio: *Nages* [Nados].* As 32 ilustrações são magníficas. Elas dissecam o gesto perfeito de cada estilo de nado, e também os mergulhos realizados por uma magnífica nadadora de cabelos loiros escorridos. *O mergulho sem impulso, o rolamento carpado para frente, o saca-rolhas, o mortal grupado ou carpado...* As fotografias são extremamente graciosas.

– Ele encontrou sua Marlene Dietrich? – zomba Alfred, folheando a obra. – Essa criatura bonita tem um quê de anjo azul e de vênus loira, não acha?

– Tem razão, ele escolheu bem a modelo. De resto, só li o prefácio. Uma "carta a um amigo desconhecido". Não sei se entendi tudo...

Alfred arranca o livro de suas mãos e lê as últimas linhas, enquanto degusta um licor de anis.

---
* Jacques Cartonnet, *Nages*. Paris: Gallimard, 1935.

"A luta do corpo com a água desperta as verdades adormecidas, sem as quais a coragem se converte em fórmula. Ela vence o cansaço de viver e as deformações com uma perfeição física em que se descobre a plenitude do ser moral. E, se leva os homens a se encontrarem nas margens ou em torno de águas prisioneiras de retângulos ladrilhados, é porque hoje há espaço para uma vida heroica."

– O ser moral, a vida heroica – suspira Alfred. – Mas qual a verdade desse homem?

Paris, março de 1936

Georges Hermant finalmente torna pública a lista de nadadores selecionados para os Jogos Olímpicos de Berlim. Ele os avisara na véspera, um por um, em seu pequeno gabinete anexo à piscina do Racing de Paris.* Fascinado por técnicas de natação, mas também por relatos de aventuras e explorações, ele cobrira os painéis de madeira das paredes de seu pequeno escritório com prateleiras repletas de livros e revistas.

Hermant é um apaixonado. Um homem respeitado, que sempre encontra as palavras certas para encorajar, felicitar ou consolar. Ele se levanta, contorna sua mesa, coloca uma cadeira ao lado da de Alfred, traga o cigarro.

– Que percurso, meu velho, que percurso! Em três meses, os primeiros Jogos. Você merece cem vezes essa seleção. Vai haver festa em Constantina.

Alfred sente as bochechas se retesarem, como sempre acontece quando ele se emociona. Na escola, quando

---

* Racing Club de France, ou Racing de Paris, é um clube francês com diversos setores esportivos, como natação, futebol, rúgbi e atletismo. (N.T.)

era chamado para ir ao quadro, isso já acontecia. E isso se repete quando lhe pedem para falar em público. Seu rosto fica vermelho, as palavras se embaralham. Um desastre.

– Vou tentar estar à altura. Obrigado. Obrigado por tudo.

É a única frase que ele consegue dizer. Típico de Nakache. Hermant sorri. Ele olha para a porta.

– Vamos, se mande. Ao trabalho, Alfred. Se quiser ligar para seus pais, pode usar meu telefone.

Antes de ir ao encontro de Paule, na casa de seu tio, Alfred passa no florista para comprar um buquê de rosas brancas. Vinte e duas, como se festejasse seu aniversário. Ele também para no vendedor de vinhos da Rue de Seine. Aquele apreciador de champanhe lhe recomenda um rosé da casa Henriot. Alfred toca a campainha do apartamento com as mãos cheias. Paule abre a porta. Ele lhe mostra a língua e gira nas órbitas os olhos pretos como bolas de bilhar. O retorno do palhaço. Ela balbucia, com os olhos arregalados:

– Os Jogos?

– Sim, os Jogos, meu amor. Em Berlim!

Berlim... A alegria deles é tão grande que preferem nem pensar. Na capital do Terceiro Reich. Nos desfiles nazistas. Nos arrebatamentos de Hitler. Nas terríveis leis de Nuremberg, votadas em setembro de 1935, que fazem dos judeus alemães estrangeiros em seu próprio país. Lá, eles sabem, os professores são destituídos. Todos os jornais falam disso. Desde abril de 1933, os judeus também são excluídos dos clubes esportivos e das seleções nacionais. Como todo mundo, Alfred e Paule tinham lido os cartazes afixados nas ruas de Paris chamando para o boicote: "Nenhum atleta em

Berlim!". Cartazes que lembravam que dois atletas alemães tinham sido condenados à prisão perpétua por ter ousado dizer que não havia liberdade esportiva no país. "Ir a Berlim", escrevem os signatários, "é legitimar as crueldades hitleristas. Não ir a Berlim é trabalhar para a fraternidade dos povos e das raças. Não ir a Berlim é promover a paz!".
À noite, eles com frequência se deixam invadir pela preocupação. Mas como a maioria dos judeus que conhecem, eles querem permanecer otimistas.

Se a França não participa do boicote aos Jogos, é porque tem suas razões. Os Jogos Olímpicos de Inverno, em Garmisch-Partenkirchen, em fevereiro, foram pacíficos. A delegação francesa voltou muito satisfeita. O próprio Pierre de Coubertin garante que o espírito olímpico é respeitado por Hitler. Já a tentativa dos movimentos operários franceses e espanhóis de organizar "Olimpíadas Populares Antifascistas", em Barcelona, fracassa diante do anúncio de um levante militar em toda a Espanha. Os atletas e visitantes estrangeiros, entre os quais os setenta membros do Yiddischer Arbeiter Sport Klub (YASK) de Paris, são repatriados em caráter emergencial num barco especial.

O melhor, pensa Alfred, portanto, é esquecer as palavras de ódio do pequeno cabo que se tornara ditador, sua rigidez de marionete e seus olhos de louco. Melhor fingir que ele não existe. Repetir para si mesmo que o que conta é o esporte. O mais incrível e importante acontecimento esportivo do mundo. Lembrar, acima de tudo, que, contra todas as expectativas, um judeuzinho de Constantina fora escolhido no lugar de Cartonnet.

Berlim, agosto de 1936

No dia 1º de agosto, dia da abertura dos Jogos, no imenso estádio olímpico, de casaco azul e calças brancas, eles não fazem a saudação nazista, mas a saudação olímpica, um tanto parecida, com o braço esticado na horizontal. Hitler ainda está na tribuna? De onde eles estão, é impossível saber. Se estiver olhando para eles, o Führer deve estar se deleitando com aquela submissão geral. Mas eles, internamente, se alegram por incomodá-lo.

Desde a chegada em Berlim, os atletas franceses ficam siderados com todo o excesso que os cerca. Aquele estádio de 100 mil lugares, claro, mas também a vila olímpica ultramoderna que abriga uma seleção de 4.400 atletas homens e 360 atletas mulheres. A imprensa francesa fica espantada com a milimétrica organização daquela XI Olimpíada. Dois mil e oitocentos jornalistas estão presentes. Pela primeira vez na história, quinhentas rádios estrangeiras transmitem os jogos ao vivo para 300 milhões de ouvintes no mundo todo. Nos jornais, os cronistas ficam embasbacados diante da grandeza arquitetônica da capital do Reich: largas avenidas que exibem suásticas, prédios inflados de orgulho, como a torre gigantesca com um sino olímpico de bronze, esculturas monumentais. Toda aquela pompa, ao contrário, parece terrivelmente triste a Alfred. A cidade preocupa, com todas aquelas patrulhas motorizadas e aqueles desfiles de soldados com capacetes e luvas brancas martelando a rua com passo de ganso. Sinistro balé que deve dar pouco espaço para a liberdade. E menos ainda para a diversão.

Para Alfred, aliás, nada é muito engraçado. Indisposto, com a barriga inchada, ele precisa desistir, no dia 8 de agosto, das quartas de final da prova de 100 metros de nado livre. Uma prova em que ele tinha muitas chances. Com seus colegas Talli, Cavalero e Jean Taris, seu ídolo, ele aposta tudo nas provas de revezamento. No dia 12 de agosto acontece a prova de 4 x 200 metros de nado livre. A única chance de conseguir uma medalha. No entanto, na imensa piscina olímpica, diante de milhares de espectadores, as coisas não acontecem do jeito que eles querem. Eles tampouco estão em sua melhor forma. O pódio é perdido por um microssegundo.

Quarto lugar. O pior lugar. Atrás dos americanos, dos japoneses e dos húngaros. Única satisfação: num clima de rivalidade exacerbada, eles superam os alemães.*

---

* Os alemães são os grandes vencedores dos Jogos Olímpicos de Berlim, com 89 medalhas, das quais 33 de ouro, pela primeira vez destronando os americanos (56 medalhas, com 24 de ouro). Apesar das vitórias no boxe, na luta livre e no halterofilismo, a França termina em sexto lugar, desencadeando uma série de críticas na imprensa. No jornal *L'Auto*, Gaston Meyer e Jacques Goddet ironizam: "Esporte à francesa, esporte do prazer. Concepção indolente, desleixada e aventureira, muito distante da abordagem científica e da disciplina dos alemães". Na revista *Miroir du monde*, José Germain dá o golpe de misericórdia: "No fundo de seu coração enternecido, a França sempre alimenta uma grande esperança: a vitória por milagre".

*

No avião que os leva ao aeroporto de Le Bourget, Alfred passa uma boa parte da viagem ao lado do boxeador Roger Michelot, medalha de ouro na categoria meio-pesado, e com seu colega Jean Despeaux, peso-médio. Duas medalhas de ouro para a nobre arte, das sete obtidas pelos franceses! Para o apaixonado pelos ringues como ele, é o suficiente para compensar o parco saldo dos nadadores: absolutamente nenhuma medalha.

Michelot, além disso, vence um alemão na final, Richard Vogt. Uma luta magnífica à qual Alfred assiste com Taris e que nenhum dos dois consegue esquecer. E isso também os encanta.

– Dizem que Hitler ficou furioso! – ri Michelot.

– Você viu? Vogt subiu no ringue com o cinturão olímpico na cintura.

– Confiante demais. Ele me derrotou há quatro anos, na semifinal, em Los Angeles. É uma cabeça mais alto que eu, tem músculos de aço. Para ele, a luta estava ganha.

– Na natação, conheço vários fanfarrões. O que você fez com ele, meu Deus! Você se mexia muito melhor que ele, dava para perceber na hora.

Michelot passa a Alfred o jornal *L'Auto*, recém-impresso.

– Leia isso.

"Terceiro round. Os alemães aplaudem freneticamente seu favorito. Vogt não se deixa levar e se recupera um pouco. Bela troca em que Michelot se mostra mais hábil, e Vogt mais ardente. Uma magnífica direita do francês acerta o alvo: a mandíbula do alemão. E o gongo soa. Michelot vencedor!"

– Já eu, nas piscinas, sou mais do tipo brigão. Preciso trabalhar a habilidade.

Michelot, cúmplice, dá uma batidinha em seu ombro. Ele segura sua medalha com força. Voltando para seu lugar, Alfred o vê colado à janela, sorrindo para o mar de nuvens.

Dezembro de 1936. A hora do duelo

Nos treinos, Jacques Cartonnet mede Alfred de alto a baixo com um desdém fora do comum. Ele decidira não dirigir mais a palavra àquele que foi convocado para os Jogos Olímpicos de Berlim. Ele não fala com Alfred, mas não tira os olhos dele. Olhos pérfidos. Enviesados. *Que comece a me ignorar de uma vez por todas, será mais simples!* O que ele tem contra Nakache? Ao que tudo indica, ele não engole a afronta de Berlim. Nem o medo de ser definitivamente destituído por um estrangeiro de nado grosseiro, logo ele, o artista das piscinas cujos retratos lisonjeiros ainda aparecem nos jornais. Há muita coisa escrita em homenagem a Carton. Declarações de amor. "Jacques Cartonnet. Altura: 1,79 metro. Proporções admiráveis: 79 quilos. A potência de sua caixa torácica não exclui uma beleza de traços finos". Ou melhor: "Olhos pálidos, um sorriso quase inocente, uma voz que escorre lentamente. Um tronco de colosso e músculos em profusão. Rosto de garoto num corpo de ciclope". *Talvez ele simplesmente não suporte os judeus*, pensa Alfred consigo mesmo. Cartonnet se abstém de se aventurar nesse terreno, mas seu desprezo emana a olhos vistos.

Alfred sabe que não deve se deixar abalar por aquele homem inacessível. Decide provocá-lo. Às claras. Na modalidade em que Carton se destaca há anos: o nado peito. Alfred anuncia um duelo na imprensa. Afinal, a melhor defesa é o ataque. Ele sugere uma prova de 100 metros. Um sprint. Aos que se espantam, ele responde ao *Paris-Soir*: "Falaram em insolência quando anunciei meu desejo de disputar com Jacques Cartonnet nos 100 metros peito. Sei que a aventura é perigosa, mas gosto de aventuras. Esta me agrada ainda mais que as outras por causa dos riscos que apresenta". Ao ler o jornal, Carton, que não lhe dirigia uma palavra, sai do sério. Como se tivesse esquecido toda a boa educação. Furibundo nos vestiários, ele exclama a Alfred, colando o rosto no seu:

– Quer bancar o espertinho? Amanhã, você será a vergonha da natação francesa. Não terá coragem nem de abrir um jornal.

Ele o ouve sem dizer nada. *Pense em seu pai, Alfred, engula os insultos.* No dia da competição, na magnífica piscina Neptuna, no Boulevard de Bonne-Nouvelle, ele sabe que todo mundo aguarda sua chegada. O duelo Nakache-Cartonnet vai para a primeira página da imprensa esportiva. Não como as grandes manchetes das lutas de boxe, mas ainda assim nas capas. As arquibancadas se enchem com centenas de entusiastas, repórteres de rádio, deputados, ministros. A fina flor. Mas a única coisa que importa para ele é o olhar confiante de Paule. Ele quer ganhar por ela. Ganhará por ela.

Sua largada é perfeita. Ele usa toda sua explosividade. Sua potência. Na raia ao lado, Carton se estica, mas fica meio segundo para trás, talvez até um segundo. E não se recupera. É o dia de Alfred, da sua prova, da sua resposta à arrogância do outro. Seus pulmões se enchem ao máximo. Ele ouve o rumor da multidão que o empurra, encoraja. Uma onda de gritos e aplausos que estouram como bolhas em seus ouvidos. Será mesmo para ele? Ele sente o público a seu lado. O lado do desafiante. Do estranho nadador. Ele dá tudo de si nos últimos metros. A piscina se transforma numa enorme caixa de ressonância. Ele não escuta mais nada. *Uma última braçada, Alfred...* Ele bate na parede, sua cabeça sai da água, ele só ouve vivas a seu redor, a multidão está de pé, com os olhos voltados para ele. E o rosto radiante de Paule, de repente, se destaca dos demais, tão nítido quanto no olho de um fotógrafo.

– Nakache, vencedor com 1 minuto, 12 segundos e 4 décimos!

O recorde francês é pulverizado. Alfred saboreia aquele breve momento de eternidade. Não se trata de uma revanche. Apenas de deixar as coisas bem claras.

Outubro de 1937

Naquela manhã, em seu quarto no liceu Janson-de-Sailly, Alfred recebe um pacote que lhe aquece o coração. Dentro, os três 78-rotações que Cheikh Raymond gravara para o selo constantinense Diamophone. Um presente do artista, que ninguém divulgara. Uma pequena mensagem manuscrita acompanha os vinis: "Como você em suas raias, meu bom Alfred, meus dedos correm sobre as cordas de meus instrumentos. Continue encantando os parisienses. Seu amigo, enfim 'gravado' em disco".

Às primeiras notas do *oud* e do violino, ele volta para o pátio florido e perfumado do *fonduk* Bem-Azéim. A voz de Raymond o envolve, o leva de volta à cidade de sua infância, tornando a ausência e a distância um pouco mais dolorosas. A ausência das provocações dos irmãos, da cozinha farta e perfumada da avó, dos piqueniques ao sol. Não passa um dia sem que alguma melodia de Cheikh Raymond venha visitar seus pensamentos.

Paris, dezembro de 1937

Na piscina de Tourelles, na Avenue Gambetta, monumental prédio erigido para os Jogos Olímpicos de 1924, Jean Taris já está instalado no luxuoso bar apainelado com madeira clara acima da piscina, com seu livro na mão, quando Alfred finalmente chega, com um grande sorriso. Fazia vários meses que Taris encerrara sua carreira. Tempo suficiente para escrever uma coletânea de recordações, *La Joie de l'eau* [A alegria da água]*, que ele queria dar a seu calouro.

– Talvez devêssemos ter escolhido outro lugar – diz Taris, mordaz.

– Por quê? – balbucia Alfred.

– Ora! Já esqueceu? Foi o presunto dos malditos sanduíches que nos pesaram nos Jogos Olímpicos de Berlim. Toda a equipe os comeu e ficou com dor de barriga por vários dias. Vai beber o quê, meu velho?

---

* Jean Taris, *La Joie de l'eau. Ma vie, mes secrets, mon style*. Paris: Les Œuvres françaises, 1937.

– O mesmo que o senhor, uma taça de tinto – responde Alfred, que, apesar dos repetidos pedidos de Jean, nunca conseguiu se dirigir a ele informalmente.

– Tome, para você – continua Taris, estendendo seu livro. – Jacques Cartonnet não será mais o único a lotar livrarias...

– Ele não vai gostar nem um pouco – zomba Alfred.

– Não tem muita coisa sobre técnica, falo mais de mim mesmo. Se me granjear rivais...

No olhar dos dois homens, nenhum sinal de hierarquia, apenas a expressão amigável de uma cumplicidade. A que une dois nadadores que conhecem o verdadeiro preço da vitória.

– A imprensa vai lamentar sua partida, Jean.

– Eu sei, eu sei, mas preciso seguir meu instinto. Deixo o esporte não porque não o admiro, mas porque não quero correr o risco de parar de admirá-lo.

– Como assim?

– Não há nada mais triste do que o velho campeão vencido por todo mundo porque já não é o que foi, e porque ele não quis sair de cena. Como aquelas velhas senhoras que continuam tentando seduzir depois que sua hora passou – ele continua, brincalhão. – Vamos brindar à alegria da água! E a seus futuros recordes!

Alfred folheia rapidamente o livro com fotografias do campeão decompondo passo a passo o movimento ideal do crawl. Ele lê algumas linhas do primeiro capítulo. *Se todos os que afirmam que sou um homem especial tivessem me conhecido há alguns anos. Eu era um adolescente franzino, magro, delicado, fino, de ombros estreitos, mirrado...*

– O senhor não se sentia feito para a natação? – espanta-se Alfred, erguendo a cabeça.
– Eu estava tão pouco fadado a me tornar um atleta quanto Rigoulot* a caçar borboletas. Vou confessar uma coisa: no liceu, eu era tão fraco e mirrado que me chamavam de Magrelo.
– E eu era zombado porque tinha medo da água.
– Esse risco eu não corria. Era apaixonado pela água. Quando pequeno, podia ficar horas lá dentro. No início, eu queria jogar rúgbi. Claro, todos os magricelas querem praticar exercícios violentos! Fui ver uma partida com meus pais e, pimba, um jogador quebrou a perna na nossa frente. Minha mãe concluiu: "Muito bem, você não vai jogar rúgbi".

Alfred se dá conta que nunca ousou fazer perguntas pessoais a seu ídolo.

– E nas competições, algo lhe dava um estalo?
– O diretor do meu primeiro clube com certeza não. Ao me ver nadar, ele disse: "Esse daí? Inútil tentar. Nunca chegará a nada". A faísca, meu velho, veio de Weissmuller, Johnny Weissmuller.** Eu o vi pela primeira vez em 1924, em Versalhes, no Bain des Pages.*** A equipe americana tinha escolhido minha piscina para se preparar aos Jogos. Eu tinha

---

* Charles Rigoulot, halterofilista, corredor automobilístico e lutador francês.

** Nadador com uma lista de vitórias excepcional – 52 títulos de campeão dos Estados Unidos, 28 recordes mundiais e cinco medalhas de ouro olímpicas –, Johnny Weissmuller foi escolhido em 1932 para interpretar Tarzan e se tornar o "filho da selva" mais famoso da história do cinema.

*** O Bain des Pages é uma piscina localizada nos terrenos do castelo de Versalhes e desde o século XIX é aberta ao público. (N.T.)

quinze anos, fiquei fascinado com sua potência, seu estilo, sua elegância. Um amigo e eu dissemos que o copiaríamos. Tudo começou assim...

– O meu Weissmuller se chamava Fabien. Um simples militar de passagem por Constantina. Quando penso, percebo que devo tudo a ele.

– Preciso ir, Alfred, um dia você me contará tudo – interrompe-o Taris. – É uma loucura pensar que só estamos conversando agora! Ouça bem o que Hermant diz. É bom seguir os conselhos do treinador, hein? Você conhece a mania dele: suavidade e respiração...

Alfred não tem tempo de agradecer pelo livro, Taris já está descendo as escadas. Antes de desaparecer, ele se vira e, risonho, declama:

– Suavidade e respiração, Alfred! Com isso, acredite, você irá longe!

*

La Joie de l'eau se torna o livro de cabeceira de Alfred. Todas as noites, antes de dormir, ele se impregna dos conselhos do mestre, embora a obra seja destinada aos iniciantes. Ele faz sua própria leitura, procurando nas entrelinhas o conselho que possa ajudá-lo a corrigir um defeito. Ele sabe que nada com força, apostando em sua potência muscular e em sua mente de guerreiro. Mas essa técnica tem seus limites. O risco de alerta vermelho, de explodir, de perder a lucidez. Suavidade e respiração, repete Taris, que vai ainda mais longe: "Para nadar com sucesso, não é preciso ser musculoso. Pelo contrário, é preciso ter uma musculatura alongada e flexível, bons pulmões e um coração sólido. Acima de tudo, é preciso aprender a nadar mole". Alfred fica encantado com essa expressão.

– Você ouviu, querida? Se eu quiser progredir, preciso aprender a nadar mole. Se eu soubesse – ele ri.

Paule solta o *La Femme de France*, o jornal chique parisiense onde mergulha todas as semanas. Ela adora os conselhos de beleza, os desenhos das roupas da moda, elegantes e práticas ao mesmo tempo – *muito esportivas*, diz o semanário –, e também os mexericos mundanos e as crônicas de ciências ocultas. Ela arranca o livro das mãos de Alfred e constata, no primeiro parágrafo, que Taris fala das longas distâncias. A travessia de Paris, em especial – oito quilômetros nos redemoinhos do Sena –, que ele venceu várias vezes.

– Leia isso, bobo – ela diz afetuosamente. – "De minha parte, sempre ganhei as travessias de Paris com vários minutos à frente de meus rivais, sem cansaço e sem me descoordenar, porque eu nadava 'mole'". Muito diferente das provas de duzentos metros, meu amor!

– Hermant sempre me diz para me alongar, me esticar. É o que faz a glória de Cartonnet.

– Esqueça esse daí, ele já não é mais nada.

Alfred vira as páginas, se detém na evocação de Weissmuller, o inspirador de Taris que agora brilha nas telas interpretando Tarzan. *Tarzan, o filho das selvas*, *Tarzan e sua companheira*, ou ainda *A fuga de Tarzan*, o último filme que Alfred e Paule assistiram três vezes no cinema Caméo, no Boulevard des Italiens. Como todos os franceses, eles veem Cheeta como sua própria mascote. E, como quase todos os franceses, Alfred tenta imitar, com mais ou menos sucesso, o grito de Tarzan.

– Ouça isso, Weissmuller fala da saúde do atleta. E o que ele diz?

– Que devo parar de fazer rosquinhas fritas recheadas!

– Nada disso! "Não é verdade que um atleta deve viver em total abstinência de nicotina e que deve evitar alguns pratos." Essa é a melhor notícia do dia!

– E o que diz a próxima linha? "A única coisa necessária é não cometer nenhum excesso e levar uma vida regrada."

– Como em tudo! – diz Alfred, que agora segura o livro de Taris bem aberto para que Paule não perca uma migalha dos preceitos do americano.

O despertar e o café da manhã chamam sua atenção: "De manhã, proibido ficar na cama. Assim que levantar, beba um copo de água quente lentamente. Depois, faça exercícios físicos por alguns minutos, com a janela bem aberta. Antes do café da manhã, sorva um copo de suco de frutas. Os melhores sucos são os de laranja, *grapefruit* ou tomate. O café da manhã deve começar com uma fruta: maçã, pera ou ameixa. Nunca beba bebidas muito quentes ou muito frias. Por fim, a pele precisa respirar: use roupas leves e amplas".

– A respiração, decididamente. Só falam nisso!

– Vamos deixar os conselhos indumentários de lado – sorri Paule. – Quanto ao copo de água quente ao acordar, nem precisa pedir, já adotei!

– "A alegria da água quente", é assim que Taris deveria ter intitulado seu livro! – diverte-se, soltando a obra.

Ele fica feliz com seu achado. Aninha-se no corpo de Paule, que retoma a leitura de *La Femme de France*. Sob o halo dourado de sua pequena lâmpada de opalina, ela devora o retrato da mulher *solar*, no qual não se reconhece nem um pouco – uma "mulher que compreende as questões mais árduas como um todo e para quem a Vida é uma maravilhosa sinfonia" –, *bobagem*, ela pensa, depois se detém numa nota da rubrica "Em Paris e alhures". "As três musas" é seu título.

– Ouça isso, Alfred! "Foram anunciadas as mais ardentes competições femininas na Hitlerândia. Na Alemanha, três mulheres dividem a embriaguez do poder: Leni Riefenstahl, Magda Goebbels, sra. Sonnemann-Goering. A primeira é a musa fiel de Hitler, a segunda é mulher do ministro da Propaganda. A terceira é a esposa do ministro todo-poderoso da Guerra e da *Reichswehr*.* As três são bonitas, ardentes, ambiciosas. Que sombrios dramas preparam essas invejosas mulheres?" Ainda está ouvindo, querido? "Um sorriso, a inflexão de um belo gesto, os desejos de um ditador são suficientes para decidir o destino do universo. O grão de areia de Cromwell, o nariz de Cleópatra..." Cromwell eu não conheço. Mas o nariz de Cleópatra já é um pouco demais, não?

Alfred responde com um suspiro profundo, já longe em seu sono e em seus sonhos de campeão.

---

* A Reichswehr ("defesa do Império") foi o conjunto das forças armadas alemãs de 1919 a 1935, renomeadas Wehrmacht ("força de defesa") no período de 1935 a 1945. (N.T.)

Nariz achatado e olhos astutos

Para Alfred e Paule, o ano de 1938 passa mais rápido que a luz, numa Paris alegre e despreocupada. Nas festas e nas salas de baile, dança-se o Lambeth Walk, paródia gingada dos desfiles marciais que zomba abertamente do Führer. Nem Maurice Chevalier consegue acreditar: "Uma alegria insana na grande cidade. Sim, insana. É exatamente isso. Anormal, as pessoas se divertem demais! Riem alto demais! Há histeria nisso tudo. E as pessoas dançam! E se atiram no ar! Ora essa! Todo esse período faz pensar no mar quando o tempo escurece e grandes ondas fustigam o navio. O tempo está para ciclone...".* Alfred, por sua vez, acumula títulos nacionais e internacionais. Cinco novos títulos de campeão francês: 100 metros nado livre, 200 metros nado livre, 200 metros peito, revezamento 4 x 200 metros, revezamento 10 x 100 metros. "Um domínio esmagador", inflama-se o *Le Miroir des sports*. Durante o verão, Alfred e Paule seguem com ardor a Copa do Mundo de Futebol, que acontece na

---

* Citado por Frédéric Mitterrand em *1938, l'œil du cyclone*. Paris: XO Éditions, 2022.

França, apesar da eliminação prematura da seleção nacional, vencida nas quartas de final por italianos rodopiantes, dominadores e futuros vencedores do troféu. Diante da Squadra Azzurra, o capitão francês Étienne Mattler, zagueiro de jogo duro que todo mundo chama de "o desobstrutor", nada consegue fazer.

Impressionado com a ascensão dos atos antissemitas na Alemanha, Alfred se recusa a participar, em agosto, da competição Estados Unidos-Europa que acontece em Berlim para a qual foi selecionado, se voltando naquele final de semana para um confronto Suíça-França com a equipe reserva. "Em vez do Reich, ele prefere a Suíça", escreve Jean Brey no *L'Écho des sports*. Georges Hermant, o treinador, não o culpa. Pelo contrário. Ele acaba de ficar sabendo do que acontecera com o tenente Fürstner, diretor da vila olímpica de Berlim. A cortesia e a dedicação desse oficial perfeitamente distinto tinham conquistado as delegações estrangeiras. Mas ao voltar dos Jogos, onde fazia uma longa reportagem para a *Revue des Deux Mondes*, o jornalista e acadêmico Louis Gillet revelara num livro a sinistra verdade.* Hermant marcara a página para Alfred ler.

– Leia isso, é desolador...

Naquele dia, Alfred se isola no corredor que leva ao gabinete de Hermant. Sentado no banco estreito onde esperam os visitantes do chefe da natação francesa, temendo o pior, ele lê lentamente a passagem sobre Fürstner:

---

* Louis Gillet, *Rayons et ombres d'Allemagne*. Paris: Flammarion, 1937.

Era ele o encarregado de manter a ordem e a harmonia naquela multidão de atletas de todas as cores que facilmente poderia se tornar um pandemônio. Infelizmente, descobriu-se por não sei que indiscrição que ele tinha um ponto fraco: uma de suas avós era judia. O segredo se espalhou. A gota de sangue imundo foi descoberta. Na mesma hora, os libelos injuriosos, os jornais satíricos e as vespas racistas se inflamaram. Todos os dias, o sr. Von Fürstner encontrava em seu quarto panfletos que o insultavam. Ele pediu demissão. Contentaram-se, sem substituí-lo, em colocá-lo nominalmente sob as ordens de um coronel, pensando que essa precaução bastaria para protegê-lo. Seus inimigos não se deixaram enganar. A matilha seguiu ainda mais furiosa. O oficial não deixou nada transparecer. Foi visto até o último dia sempre pontual, afável, cerimonioso, correto, cumprindo seus deveres e desempenhando como um homem de fino trato seu difícil papel de anfitrião.

No domingo à noite, ele se despediu de seus hóspedes, no dia seguinte ainda cuidou do embarque de todos, fez uma última inspeção. Seu ajudante só foi encontrá-lo morto na terça-feira.

Os olhos de Alfred se fecham enquanto uma cólica lhe rasga o ventre. As imagens surgem como fantasmas que o sacodem às gargalhadas. Ele revê o gesto de adeus de Fürstner ao entrar no carro que o levou ao aeroporto. Olhar reto, sorriso bondoso. *Ele já sabia que deixava a vida para trás?*, pensa Alfred. Ele visualiza o momento fatal em que

Fürstner pega uma arma, mas a imagem logo se embaralha – vazia diante do impensável.
As palavras de Gillet o assombram por muito tempo. *A gota de sangue imundo foi descoberta.* Seu ajudante o encontrou morto. Então, no dia 10 de novembro, um choque. A Noite dos Cristais. Que confirma todos os temores. Em Berlim, e logo em toda a Alemanha, lojas são destruídas, sinagogas são queimadas, milhares de judeus são presos. Dizem que a carnificina tem como origem o assassinato, em Paris, do primeiro-secretário da embaixada da Alemanha, Ernst vom Rath, por um refugiado judeu polonês de dezessete anos, Herschel Grynszpan. Assunto privado? Crime político? Pouco importa. A *raiva popular espontânea* – é assim que os nazistas designam o pogrom – se abate sobre a comunidade judaica como um raio.

*

Esse é o momento escolhido por Paule e Alfred para dizer sim. Sim para a vida. Sim para a tranquilidade. Sim para continuar acreditando, apesar de tudo. Único lamento: a ausência das duas famílias, para quem a viagem a Paris seria onerosa demais. E perigosa demais. Em Constantina, também se assiste à ascensão do antissemitismo e ao aumento das violências. Impossível deixar sozinhos os primos, os sobrinhos e sobrinhas, numa cidade onde a qualquer momento o bairro judeu pode se transformar em paiol.

É na presença do tio Mickaël e dos amigos, na sinagoga de Tournelles, no Marais, que eles se casam, em fevereiro de 1939. Alfred levanta o véu de Paule, como reza a tradição, revelando seus grandes olhos verdes; em seguida, sob a chupá, lhe passa a aliança. Ele também recebe o anel e, no fim da cerimônia, sempre de acordo com o ritual, quebra um copo com o pé direito. Maneira de dizer que o casamento durará tanto quanto o copo permanecer quebrado, ou seja, para sempre. Ao longo da noite, entre os cerca de vinte convidados, eles cantam e dançam ao ritmo da música malouf no pequeno apartamento do Boulevard de Sébastopol, que o treinador de Alfred conseguira para eles.

Paule agora dá algumas aulas de ginástica às crianças da escola da Rue Saint-Martin para complementar a renda. Ela adora ensinar. Alfred, por sua vez, mais veloz que um foguete, recebe da imprensa um apelido: Artem. Um jornalista do *L'Auto*, originário de Moscou, Dimitri Philippoff, tem essa ideia. Bom nadador e excelente jogador de polo aquático, ele diz que em russo "artem" é o nome de um peixe muito veloz. Ele é incapaz de dizer qual, mas pouco importa. Que seja Artem, apelido que cola. Philippoff, em seus artigos, se diverte com o caráter descontraído de Nakache. Sem perceber que sua natureza profunda também lhe serve de armadura: "Ele não julgou adequado, apesar de vários anos parisienses", escreve Philippoff, "mudar seus modos. A grande cidade não o assusta. Ele não se curva a suas leis. Constantina: é isso que Artem ama e não pretende esquecer. Por isso caminha pelas ruas da imensa e escura cidade brincando, devaneando e rindo para o sol como um autêntico garoto de seu país".

Com suas economias, Artem consegue comprar, por oitocentos francos, seu primeiro carro, um Simca conversível branco com cinco cavalos. No jornal *Excelsior*, ele se entusiasma:

"Estou mais feliz que um papa: casado, usufruindo de um emprego e proprietário de um automóvel.

– O que lhe falta, então? – pergunta o cronista Roger Lamy.

– Para que minha felicidade seja completa – responde Alfred, brincalhão –, só espero o direito de ensinar árabe nas escolas...

– O senhor tem essa vocação? – espanta-se Lamy.

– Pode-se dizer que é a única que possuo! Como Paule, minha esposa, não conheço uma profissão melhor do que essa."

Cartonnet, por sua vez, se torna mais sombrio. Ele se recusa a enfrentar Nakache de novo e desiste dos 200 metros peito. Sua estrela começa seriamente a empalidecer. Alfred é severo, dessa vez. No *Excelsior*, de novo: "Cartonnet diz em toda parte que não sou um nadador do estilo peito digno de sua classe. Espero que ele queira provar isso não apenas pelas palavras. Pois na única vez em que nos enfrentamos no nado peito, eu que venci". "Onde foi parar Cartonnet?", diz a manchete sarcástica de um semanário. Georges Hermant, por sua vez, se irrita: "É lamentável, esse Cartonnet é um rapaz desagradável, que não gosta de competir e se esquiva sempre que tem um dever sério a cumprir".

Naquele fim de verão de 1939, sem dúvida um dos mais bonitos e quentes que a França conheceu, as nuvens se acumulam. Hitler aumenta as provocações. Ninguém, ou quase, imaginava que ele iria tão longe. Ninguém, ou quase, realmente levava a sério suas ameaças. Até Émile, o amigo fiel, então à frente do moinho Bonjean, tenta tranquilizar a Alfred. Este se lembra de ouvi-lo dizer, em dezembro do ano anterior:

– Vejam em Munique como enganaram Hitler.* O governo inglês e Édouard Daladier o obrigaram à paz. Basta ver como Daladier foi aclamado ao voltar, no aeroporto de Le Bourget. E da visita a Paris, na semana passada, de Ribbentrop, o ministro de Relações Exteriores de Hitler, o que você achou? Ele assinou com grande pompa uma declaração de amizade franco-alemã. A coisa está ganha, meu velho.

– Não, Émile, não está ganha, mas perdida. Foi Hitler que nos enganou. Ele anexou mais um território e, no fim, ainda vai nos levar à guerra. Fim da despreocupação, das férias remuneradas e dos bailes às margens do Marne, vamos precisar lutar. Como em 1914, Émile, tudo igual. Estamos em maus lençóis.

Enquanto isso, os ataques antissemitas se multiplicam na imprensa. Alfred se torna um alvo preferencial. Nicolas Steinheil, do *Le Miroir des sports*, não hesita em escrever: "Nakache, com seus cabelos encaracolados, seu nariz levemente achatado e seus olhos astutos, tem um rosto com uma expressão tão faunesca que ficamos surpresos em não lhe descobrir orelhas pontudas".

---

* Apresentados como uma garantia de paz, os "acordos de Munique", assinados em 30 de setembro de 1938, preveem a evacuação dos tchecos do território dos Sudetos e a progressiva ocupação da cadeia montanhosa pelas tropas alemãs.

Auschwitz. Troca de socos

— Você se apaixonou logo?
– À primeira vista. Por seus olhos verdes.
– Eu também. Por seus olhos pretos. Mas ela era bonita demais para mim.

Atrás do barracão, os dois campeões aproveitam um momento de descanso, longe dos olhares dos outros. Enquanto o céu tomado por faixas alaranjadas se deixa devorar pela noite, eles conversam como dois amigos que não têm mais segredos um para o outro. Alfred, fisicamente, está mais em forma que seu amigo boxeador, exaurido pelos trabalhos de aterramento. Mas quanto mais os dias passam, mais a preocupação o consome. O nadador não consegue dissimular a angústia abissal que o acompanha em relação ao destino reservado a Paule e a sua pequena Annie. Victor o tranquiliza – "não podem fazer nada com elas" –, e Alfred finge acreditar. "Às vezes, quando cruzo com uma mulher, tenho a impressão de reconhecer Paule..."
Não é uma miragem, mas uma promessa, garante Victor. Há muito tempo que ele não tem uma esposa. Mireille o deixara. Mireille Balin, a estrela do cinema francês, a paixão de sua

vida, que o deixara sozinho e acabado. Victor precisa falar, Alfred percebe. Ele ouve, faz perguntas. A palavra como válvula de escape.

Victor começa falando do dia abençoado em que se tornou uma estrela, 24 de outubro de 1931, no Palais des Sports de Paris. Diante de 16 mil espectadores, com apenas vinte anos, ele vence, para surpresa geral, com um gancho de direita na ponta do queixo, e movendo-se num espantoso jogo de pernas, o campeão mundial de peso-mosca, o americano Frankie Genaro. Dois rounds, apenas cinco minutos de luta e, em Túnis, no bairro judeu de sua infância, uma alegria indescritível. Paris, por sua vez, arregala os olhos admirados para aquele homenzinho de pele bronzeada apelidado de Younkie. Com a insolência de sua juventude, ele destrona o favorito absoluto e veste o cinturão dourado de campeão do mundo. A marca eterna dos semideuses.

Ela aparece no coquetel do qual ele é o astro. Ela é bonita, refinada, modelo das casas Patou e Coco Chanel, e sonha em fazer cinema. Ela quer acima de tudo conhecer aquele pequeno fenômeno de olhar doce e músculos potentes. "Me apaixonei loucamente, à primeira vista. Voltamos a nos ver na mesma noite, no dia seguinte, no outro também. Nós nos amamos. A cada segundo me pergunto o que está acontecendo. Como uma mulher tão elegante e cortejada pode se interessar por um pequeno tunisiano num ringue." Victor tenta seduzi-la com toda sua energia e, quando ela se afasta, tenta reconquistá-la. Restaurantes, presentes luxuosos entregues em Deauville num carro esportivo oferecido pela Peugeot, cassinos, nada é bonito demais para ganhar o coração de Mireille. "Enquanto isso", ele diz, "começo a perder. Já não treino o suficiente, estou ausente. Só consigo pensar nela. No ringue, sou atirado de um lado para outro por meus adversários."

Enquanto a noite envolve com seu manto negro o sinistro alinhamento de barracões de tijolos, Victor continua sua viagem ao passado, abrindo velhas feridas. No dia 31 de outubro de 1932, em Manchester, no cassino Bellevue, ele perde o título para o inglês Jackie Brown.

– Mireille estava lá, deslumbrante em seu vestido Patou de jérsei e tafetá. Nunca a vi mais linda. Os fotógrafos se empurravam para se aproximar e crepitar seus flashes.

Nos cinco primeiros rounds, Victor estava no melhor de sua forma, saltitando, se esquivando totalmente dos ataques de seu adversário. No meio do sexto round, porém, pimba!, suas pernas ficam pesadas, seu corpo deixa de responder.

– Luto como um condenado, recebo um direto no estômago, depois uma sequência inverossímil de ganchos na mandíbula. Caio para trás, me levanto, titubeio, completamente desnorteado. Léon Bellières, meu treinador, dá um fim ao massacre.

Victor Perez perde o título. E enquanto a imprensa parisiense se refestela, o olhar de Mireille lhe devolve a imagem cruel da decepção. Para todos, Victor volta a ser "o menino dos mercados árabes".

Mas o garoto de Túnis, reerguido por seu treinador, ainda não disse a palavra final. Ele está decidido a calar seus detratores. E a recuperar a estima de Mireille, que dá seus primeiros passos no cinema, com sucesso.

– Foi nesse momento que você decidiu subir de categoria?

– Sim, passei para o peso-galo e desafiei o panamenho com o título de campeão do mundo, Al Brown, chamado Panamá.

Panamá? Um dândi magnífico, apreciador de champanhe, carros de luxo e mulheres bonitas, que tem a reputação de mudar de roupa cinco vezes por dia. Como Victor, ele conhecera a pobreza e mantivera a alma de garoto. A luta vira uma paródia. Al Brown é forte demais. Para o panamenho, é um passeio de gôndola; para Victor, uma humilhação. E o início do calvário de sua vida sentimental.

– Com Mireille, me tornei ciumento demais, possessivo demais. Não entendi que essa atitude me afastava cada vez mais da mulher que amo. Foi tudo culpa minha.

– Você não pode dizer isso.

Alfred vislumbra uma lágrima escorrer pela bochecha encovada de Young, que abaixa suavemente a cabeça.

– Estou incomodando você com minhas histórias.

– Continue, Victor...

– Depois, foi uma descida ao inferno. Me perdi em lutas insignificantes e perdidas de antemão.

Enquanto isso, conta o boxeador, Mireille foi escolhida por Julien Duvivier para ser a companheira de Jean Gabin em *O demônio da Argélia*. Depois, veio *Gula de amor* e *O beijo de fogo*, com o grande astro Tino Rossi.

– Assim que vi o ensaio, entendi que eles tinham um relacionamento.

– Você tinha provas?

– Não, mas diante de minha insistência, Mireille confessou. Dois dias depois, ela me deixou. Dessa vez, fui nocauteado. Fiquei para morrer.

Sem os amigos – ele acredita –, talvez ele não estivesse ali. Amigos que sempre tinham acreditado que aquela mulher se divertira com ele, sem nunca realmente amá-lo. O pequeno Mozart do boxe se vê obrigado a vender sua casa e viver num hotel, arrastando seu olhar melancólico pelo La Coupole ou pelos bares de jazz da moda. No Le Bœuf sur le Toit ou no Le Tabou, ele tenta esquecer Mireille inebriando-se dos sons de Bill Coleman, Roy Eldridge, Frankie Newton, Duke Ellington. O jazz enxuga toda sua tristeza.

Ouvindo Younkie despejar sua dor, Alfred se lembra das palavras de uma canção de Cheikh Raymond. *J'ai été ensorcelé par le tatouage de sa jambe entrevu sous l'anneau encerclant sa cheville. Comme l'amour succombe à un regard, comme l'infortune blesse par un dard, on m'a décoché une flèche fatale dont je ne peux pas guérir.**

Então Young, tirando Alfred de seus devaneios, menciona a luta fulminante que ele trava em Berlim, em 10 de novembro de 1938.

– O que deu em você naquele dia? – entusiasma-se Alfred.

– Financeiramente, eu estava encurralado, sabe?

Por algumas cédulas, um acordo: Victor Young Perez aceita uma luta de gala com o alemão Ernst Weiss. Os

---

* Fui enfeitiçado pela tatuagem em sua perna, vislumbrada sob sua tornozeleira. Assim como o amor sucumbe a um olhar, assim como o infortúnio fere com um dardo, recebi uma flechada fatal que não tem cura. (N.T.)

nazistas querem vingar a derrota de Max Schmeling diante do negro americano Joe Louis. Victor não vê nada do que acontece durante a noite, mas, ao chegar à estação, ele entende. Em toda parte, nas ruas, pedaços de vidro, lojas destruídas, portas derrubadas, sinagogas reduzidas a cinzas. A Noite dos Cristais...

No entanto, sua luta acontece naquela mesma noite, sob ofensas e insultos. "Uma atmosfera de fim de mundo", ele diz a Alfred. "Um bando de soldados da SS inflamados querendo assistir à morte de um judeu. Coloquei todas as minhas forças na batalha, mas um uppercut no queixo me destruiu. Perdi por pontos. A saída do ringue, acredite, foi um pesadelo."

Dezoito meses depois, é a vez de a França conhecer a derrota. Victor hesita em voltar para a Tunísia, como a maioria de seus amigos, mas apesar da ocupação e das ameaças contra os judeus, ele se acredita protegido por suas façanhas. Ele não comparece ao recenseamento, se recusa a usar a estrela amarela, afirma ser espanhol quando olhares desconfiados o dissecam da cabeça aos pés. Ele assiste à luta vitoriosa de Marcel Cerdan contra Gustave Humery, o Matador. "Enquanto isso", ele suspira, "Mireille troca Tino Rossi por um belo oficial alemão, Birl Desbok. Pela foto dos dois nos jornais, parecem muito apaixonados."

Alfred conhece o resto da história bem demais. Em toda a França, as mesmas coisas se repetem. Em 21 de setembro de 1943, três milicianos batem à porta de Victor. Apesar de suas explicações, ele é detido, interrogado e conduzido ao campo de Drancy. Diante da multiplicação das batidas, ele estava organizando sua saída do território francês com a cumplicidade de vários amigos.

– Tínhamos um encontro marcado com um médico conhecido por subornar os funcionários franceses e alemães. Um certo dr. Petiot...*

Em Drancy, Victor é reconhecido pelos detentos e pelos guardas. Todos o chamam de "campeão".

– Aconteceu comigo também – sorri Alfred.

– Para matar o tédio e a angústia, fiz algumas demonstrações de boxe. Como aqui. Depois, no dia 7 de outubro, fui levado de ônibus à estação de Bobigny.

Victor Young Perez ergue a cabeça, com os olhos ainda marejados.

– O fim dessa história, melhor esquecer.

---

* Na verdade, era preferível não cruzar seu caminho. O dr. Petiot não era apenas um falsificador de papéis: assassino em série, depois da Libertação ele foi condenado à morte por 24 assassinatos.

Paris, junho de 1940

Depois de vários meses no batalhão de Joinville, que reúne os atletas de alto rendimento, Alfred é integrado à aeronáutica. Como todos os seus colegas, ele está pronto para cumprir seu dever. Ele é enviado a Sétif, na Argélia, no batalhão de Aïn Arnat, deixando Paule em Paris por algum tempo. Mas sua condição de nadador evita que ele vá para a frente de batalha. Desmobilizado, ele volta à capital e tranquiliza toda a família em Constantina.
    Não por muito tempo. O pior chega sem avisar. A guerra-relâmpago, os tanques alemães que atravessam as linhas a toda a velocidade na direção de Paris, destruindo tudo ao passar. E uma notícia que os fulmina: o irmão mais novo de Alfred, Roger, tombou em confronto. Em um segundo, como milhares de outras vítimas anônimas de uma explosão de aço. *Roger não deve ter entendido nada...*
    Depois de sua mãe, que morrera tão cedo, foi como se arrancassem um pedaço seu. Quando vê Roger na fotografia em que os três meninos da família aparecem, de uniforme, orgulhosos e risonhos, ele tem a impressão de ver seu gêmeo. Seu duplo. Alfred relembra a oração que seu pai

costumava pronunciar. *Possa Deus nos consolar, com todos os enlutados de Sion e de Jerusalém.* Ele a repete sem parar, mas sem acreditar realmente no que diz.

No alto do Arco do Triunfo, numa cidade subitamente deserta, a bandeira nazista tremula ao vento. Há apenas quatro anos, num estádio lotado, todas as nações desfilavam diante de Hitler. E agora estão todas de joelhos. Como todos os franceses, Alfred ouve no rádio a voz trêmula do marechal Pétain* ordenando a não resistir e obedecer aos alemães. Para o vosso bem, ele diz. Talvez até, vá saber, para um novo começo. O começo do pesadelo, isso sim. Alfred sabe muito bem: obedecer aos nazistas, para os judeus, significa aceitar o apagamento. O desaparecimento.

Na piscina do Racing, o ambiente é nauseabundo. Carton, apesar dos reveses, parece muito bem-humorado, como se tivesse ganhado o jogo. Às suas costas, entre os dirigentes, Alfred percebe conluios, confidências, cochichos. Expressões dissimuladas que o deixam pouco à vontade.

– As coisas vão se complicar para você, Alfred – admite Georges, seu treinador. – Os judeus estão na mira, é preciso agir com precaução.

Em casa, Paule também o incita à prudência.

– Não fale da situação, não banque o palhaço, nade cada vez mais, cada vez melhor, essa é sua melhor proteção.

---

* O marechal Pétain foi o chefe de Estado francês de 1940 a 1944, durante o período de ocupação da França pela Alemanha nazista. Seu governo colaboracionista, que instaura leis antissemitas, ficou conhecido como "regime de Vichy" porque instalado na cidade de Vichy. (N.T.)

Em vários jornais, porém, as ameaças são cada vez menos veladas, o tom é direto, as palavras, claras. O jornal *Au pilori*, "semanário de combate contra a judeu-maçonaria", é um dos mais virulentos. Na antessala de seu escritório, no cais de Aubervilliers, onde eles às vezes jogam tarô francês ao anoitecer, Émile, que agora já não esconde a preocupação, mostra a Alfred um artigo em que este lê: "Podemos sensatamente deixar um judeu representar as cores da França nas competições internacionais?". Ele larga o jornal. Assombrado.

– Esses canalhas não vão conseguir – lhe diz Émile.

– Vão sim, meu amigo, a máquina está em movimento.

Uma decisão homologada em 7 de outubro de 1940 confirma seu pressentimento: a abolição do decreto Crémieux, que concedia a nacionalidade francesa aos israelitas da Argélia. Com um canetaço, ele não é mais nada. Nem francês, nem argelino. Judeu. Em toda parte, indesejável. O golpe de misericórdia vem quando ele recebe uma correspondência oficial do ministério da Instrução Pública. Com palavras mais cortantes que uma guilhotina, o governo lhe diz que, dada a adoção do "estatuto dos judeus", ele não pode mais exercer a profissão de professor de educação física, a única importante a seus olhos, uma profissão mais preciosa que todos os troféus reunidos. *Não conheço melhor...*

No dia seguinte, Paule recebe a mesma correspondência. Naquela noite, abraçados no sofá azul que fica de frente para as grandes janelas da sala, com o olhar perdido na agitação ruidosa do bulevar, eles não têm mais nenhuma palavra a compartilhar. Apenas algumas lágrimas, que caem por seus rostos como jangadas à deriva.

Em suas cartas, os pais de Alfred temem por ele. Por Paule. Por si mesmos também, seus primos, seus amigos espalhados pela Argélia. David, o pai de Alfred, teme ser demitido. Rose diz ter medo da manhã à noite. Nas ruas, nos mercados, as invectivas são cada vez mais numerosas. Há muito tempo vindas dos árabes contra os judeus, mas também, e essa é a novidade, dos franceses abertamente antissemitas. Até as crianças mostram o dedo para eles.

Janeiro de 1941

— Agora você precisa partir, Alfred. Paris está perigosa demais – suspira Georges Hermant enquanto arruma minuciosamente a coleção do *Le Miroir des sports* em sua biblioteca.

– Mas aonde ir?

Hermant sorri, acende um Boyard enrolado em palha de milho, agarra o ombro de Alfred.

– Para Toulouse, meu velho, com nossos amigos do Club des Dauphins [Clube dos golfinhos]. Depois de nós, eles são os melhores. Avisei Alban Minville, o treinador, ele está feliz de poder recebê-lo.

Deixar Paris. Então é realmente grave. Ao sair do gabinete, a angústia o invade. Por que tanta urgência? O que Georges sabe e não ousa dizer? A verdade lhe é revelada dois dias depois por sua assistente, a charmosa e insubstituível srta. Mercier:

– Eu não lhe disse nada, Alfred, mas Jacques Cartonnet é redator de um jornal antissemita. Ele tem entrada em toda parte, especialmente na secretaria-geral de Assuntos Judaicos. Ele está espiando você, registrando seus atos e gestos, se informando sobre suas relações, suas leituras. O sr. Hermant tem razão, é perigoso demais. Nada do que aquela mulher de bonito coque branco lhe diz o espanta. Aquela é a confirmação de todas as suas suspeitas. Há várias semanas o tema esportivo é utilizado pelos antissemitas como prova da veracidade da teoria da desigualdade das raças. "Pesadão desajeitado ou magricela desgracioso", segundo Jean Dauven, o judeu é considerado inapto à prática esportiva: "Fraco fisicamente e frouxo moralmente. Inimigo, por natureza, do esforço físico e desprovido da coragem, que não é uma virtude de sua raça". Além disso, ele diz, "não existe praticamente nenhum judeu entre os grandes campeões". "Praticamente"... Os feitos de Nakache e Victor Perez incomodam.* Sim, está na hora de partir. Tentar construir uma vida longe da Gestapo. Integrar uma nova equipe de nadadores. Conhecer a cidade que todos dizem doce e calorosa. "Lá, eles a chamam de cidade rosa", diz a srta. Mercier, "você e Paule ficarão bem. Cuide de vocês, meu rapaz." A cidade rosa... Alfred quer se convencer de que um nome desses é um bom presságio.

*

* Nas colunas do *Au pilori*, Émile Dortignac atribui o êxito dos judeus não a seu talento, mas à capacidade do "povo eleito" de se unir para fazer cada um de seus membros vencer. "O esporte serve de álibi à divulgação das teorias etnorraciais que fundamentam o pensamento antissemita", analisa a historiadora Doriane Gomet ("Rendre les juifs vulnérables par le sport: une stratégie des journaux antisémites". *In* T. Terret, L. Robène, P. Charroin, S. Héas e Ph. Liotard (orgs.), *Sport, genre et vulnérabilité au XXe siècle*. Presses universitaires de Rennes, 2013, p. 317-30.

Émile os acompanha até a estação de trem. Chega cedo para buscá-los no Boulevard de Sébastopol em seu belo automóvel, com seus pequenos óculos redondos enfiados no nariz. Ele continua com seu jeito alegre, mas Alfred sabe, de tanto que o conhece, que por dentro seu coração se dilacera. *Ele também está tentando esconder o sofrimento.* O sofrimento de dois amigos que se separam. Paule e Alfred viajam com quase nada. Eles entregam a Émile o Simca cinco cavalos. Oficialmente, Artem vai fazer um estágio de natação em Toulouse. No carro, eles permanecem em silêncio, atentos aos bloqueios, aos olhares. Émile procura o melhor itinerário, se depara com obras nas ruas.

– Vamos conseguir, não se preocupem.

Por pouco. Eles chegam à estação apenas quinze minutos antes da partida do trem. Émile e Alfred carregam as duas grandes malas. Não há tempo para grandes efusões, faz um frio dos diabos. *Quando voltaremos a nos ver, Émile?*

Toulouse. Os Golfinhos

Nas suntuosas piscinas do Toulouse Olympique Employés Club (TOEC), no coração da cidade, na ilha do Grand-Ramier – duas cobertas, para o inverno, uma externa de 150 metros de comprimento, a maior da Europa –, ninguém fica parado. Os Golfinhos fazem jus ao nome. Eles são como peixes. Tarados por treinamentos. Alfred se lembra daquele militar, Fabien, na piscina Sidi M'Cid, que acabara com seus medos. Ele lhe falara daquele clube, que o formara e que ele tanto amava. Ali, sob as braçadas enérgicas dos nadadores, a piscina fervilha o tempo todo, formando uma ondulação suave e regular que dá a impressão de um nado no mar. O que mais o impressiona é a profunda amizade que parece ligar todos os atletas. Eles se incentivam dentro d'água, trocam conselhos, se encontram uma ou duas noites por semana no Bibent, a brasserie chique da Place du Capitole. Um bando de amigos, unidos pelo "espírito de equipe" que Minville exorta em sua voz rouca com uma confiança inabalável.

    Minville, o melhor especialista em nado borboleta, o homem que teoriza a dissociação do movimento dos braços e das pernas. Que contraste com o Racing e sua atmosfera viciada pela rivalidade, pelo desprezo dissimulado sob o ar belicoso da competição. No primeiro dia ele já se sente bem. Muito bem, inclusive.

– Você é um lutador, Alfred. Na força, nos músculos, mas principalmente na cabeça.

Minville também não tenta corrigir seu estilo – a obsessão da maioria dos jornalistas, que se enchem de lirismo na hora de descrever o gestual esportivo –, mas reequilibrar seu corpo, ou retorcê-lo, para produzir o máximo de velocidade. *Um sprinter, é assim que ele me vê*. Ele lhe prepara programas de treinamento em torno de sessões de 100 metros constituídas por 25 metros embaixo d'água, 25 metros de nado borboleta, 25 metros de nado peito, 25 metros de borboleta, e 25 metros em apneia.

Depois das piscinas, ele encadeia duas horas de musculação. Que são tudo menos um castigo. Natação ou cavalo com alças, Alfred não sabe o que prefere. Ele também adora as argolas, com os braços estendidos para abrir as articulações. As sessões de suave tortura acontecem sob a proteção bondosa da família Jany, que cuida de tudo ali: da qualidade da água, da limpeza dos vestiários e da sala de ginástica, da manutenção do parque e de suas árvores centenárias. Os Jany moram numa pequena casa na entrada do centro, na ilha Ramier. O filho do casal, Alex, dá seus primeiros passos nas competições. Do alto de seus dezesseis anos, ele já exala uma grande segurança. *Esse irá longe, com certeza*. Katie, a mãe, é muito atenciosa com Paule. Leva-a para visitar a cidade rosa. Indica-lhe as melhores lojas, mostra-lhe onde passear ao longo do Garonne. Com Alfred ela também demonstra a ternura de uma mãe, a mãe que ele perdeu, com palavras doces e bondosas de amor à vida.

Os Jany lhes indicam um ginásio esportivo chamado L'Académie, cujo diretor está prestes a se aposentar. Em pleno centro da cidade, na Rue Philippe-Féral. Para Paule e Alfred, ambos diplomados como professores de educação física e esportiva, é uma dádiva. Um ganha-pão e a certeza, no que lhes diz respeito, de estar sempre no máximo de sua forma. Minville e os dirigentes do clube apoiam sua candidatura. O lugar é magnífico: um antigo ateliê de três andares, paredes de tijolos e estrutura de aço, com um teto alto e grandes janelas envidraçadas que dão para a Grand--Rue Nazareth. Não há muitos equipamentos, mas dão para o gasto. Diante de Paule e dos Jany, Alfred sobe a corda cheia de nós e, em quatro impulsos, bate no teto. Só lhe resta, incorrigível, mostrar a língua aos amigos.

Aquela primavera de 1941 o deixa feliz. Ele tem um belo apartamento, o ginásio está sempre cheio e lhe permite conviver com tolosanos da comunidade judaica, que verá com frequência. Paule também está feliz, uma noite ela volta para casa e pula em seus braços, toca sua pequena barriga arredondada e o encara:

– Você vai ser pai, Alfred. É para o início de setembro.

Eles rodopiam, abraçados como no primeiro dia. O mundo é deles. Estão inebriados com aquele futuro que alguns, pensando ouvir botas alemãs se aproximando, querem reduzir a um parêntese encantado. No dia seguinte, à primeira hora, Alfred envia um telegrama aos pais: "Um pequeno Nakache logo deverá mostrar a ponta de seu nariz. Um pequeno campeão, ainda em sua bolha d'água, que envia a vocês milhares de beijos. Do Alfred que os ama".

A Émile também ele anuncia a boa nova por telefone. Ouvir sua voz aguda e seu ritmo de metralhadora lhe faz bem. Émile fica feliz por eles.

– Que sorte vocês têm, viver sob o sol de Toulouse! Paris não é mais que a sombra de si mesma. Há toques de recolher, patrulhas alemãs e tudo que você já sabe, Alfred.

Ele não lhe diz mais nada, preocupado em não estragar sua alegria. Alfred o conhece: sem nomeá-las, Émile fala das medidas antijudaicas, cada vez mais numerosas, que acompanham a colaboração, para incitá-lo à prudência.

– Não se preocupe, Émile, estou bem cercado aqui, e tenho a proteção de Jean Borotra, nosso ministro.

– Muito bem, Alfred, continue brilhando nas piscinas, quero títulos.

Ele dá sua risada infantil antes de desligar.

É verdade que com Jean Borotra, antigo medalhista da equipe francesa de tênis, o "basco saltitante", o comissário-geral de esportes, Alfred não corre riscos. *Nade, Alfred, nade e não pense.* No mês de maio, um telefonema do gabinete do comissário lhe confirma que Émile estava certo: Borotra o convida a participar da delegação francesa que iria à África do Norte para uma turnê prestigiosa que uniria os porta-estandartes do esporte francês. Ele tem a impressão de ter ganhado uma passagem para seu paraíso perdido. Ao passar pela Argélia, veria toda a família. O único problema é que Paule, grávida, não poderia acompanhá-lo. Katie Jany o tranquiliza: ela cuidaria de Paule e, se ela quisesse, poderia inclusive se instalar no pequeno pavilhão na orla do parque do centro esportivo.

Auschwitz. Em nome do irmão

Mais uma vez, Gérard, o marselhês, consegue uma autorização para comparecer à enfermaria de Auschwitz III. Ele insiste em ser tratado por uma ferida na mão. Mas seu único objetivo é passar um pouco de tempo com Nakache. Gérard é forte. Ele não corre grandes riscos na seleção que é feita regularmente nas salas de tratamentos, sempre segundo o mesmo método. Com o corpo inclinado para a frente, as pernas afastadas, o médico nazista mede a magreza das nádegas: magras demais, direto para a câmara de gás. Quantos detentos, tentando conseguir um medicamento ou uma compressa, correram para a própria morte? Seu chefe de barracão é quem o deixa ir à enfermaria. Um criminoso flamengo com um sadismo sem limites, que o escolheu – Gérard nunca entendeu por quê – para ser seu criado e para servir aos prisioneiros a ração da noite. Encarregado de lavar a louça do chefe, ele pode comer os restos.

Como os outros, Gérard mofa no mesmo pijama desde a chegada ao campo de Monowitz e luta incansavelmente contra os piolhos. Mas todos os dias ele toma o cuidado de se lavar com um pouco de neve. Graças a essa disciplina e ao excedente de comida que recebe, ele mantém a melhor aparência possível. Naquele dia, porém, não é de si mesmo, nem de Marselha, que ele quer falar a Alfred, mas de Pierre, seu irmão mais velho, que definha sem parar.

– Não sei o que fazer, ele não tem mais brilho, energia.
– Você consegue conversar com ele?
– Cada vez menos, acho que ele quer se entregar.

Alfred conhece o estado de abatimento dos prisioneiros que, estranhamente, são chamados de *muçulmanos* no campo. Ele sabe que nada nem ninguém consegue fazer com que recuperem a vitalidade. E muito menos a esperança.

– Continue a falar da infância de vocês, das corridas de patins em Marselha, das garotas que vocês cobiçavam na praia. Fale com ele, mesmo que não adiante de nada.

De nada, é verdade. Alguns dias depois, Gérard vê Pierre entrar com dificuldade na enfermaria. Ele diz ter tido o pé esmagado por um vagonete. E logo vai para a seleção. A Alfred, que não estava presente, Gérard conta numa voz apertada:

– Vi Pierre ser levado para a fila errada. Ele foi embora completamente nu, atirado num caminhão como um saco. Ele me fez um pequeno sinal com a mão. Como se quisesse me fazer entender que era uma libertação. E que alguém precisava ficar para um dia contar o que aconteceu aqui.

Junho de 1941. Retorno à terra natal

No bimotor que os transporta acima das nuvens, Alfred está sentado ao lado de dois atletas cuja lista de vitórias ele conhece, mas com quem nunca se encontrara. Jean Lalanne, o ás da corrida de fundo, campeão francês dos 10 mil metros, autêntico filho dos Pirineus que crescera perto de Toulouse, em Bagnères-de-Bigorre. E Marcel Hansenne, natural de Roubaix, no Norte, campeão francês dos 800 metros.

Como Alfred, é a primeira vez que Marcel vai a Casablanca, uma das maiores cidades do Marrocos, às margens do oceano Atlântico. Alfred lhe fala da Argélia, do encanto das casbás, da beleza irreal das gargantas do Rummel, da piscina térmica onde aprendeu a nadar e a vencer sua fobia de água. Ele também lhe fala da festa da primavera, quando judeus e árabes produzem água de flor de laranjeira e água de rosas. A festa preferida de sua infância, a mais alegre de todas. Lá, todo mundo a chama de "o dia rosa".

– Depois de comprar no mercado sacos de flores brancas e de pétalas de rosas, tiramos do porão o alambique de cobre e extraímos suas essências, as casas ficam totalmente perfumadas.

– E o que fazem com isso?

– A água de rosas é utilizada para a higiene e a toalete. A água de flor de laranjeira, para adocicar o café e perfumar os bolos. Mas também acompanha nossas festas religiosas. É a "água da sorte", como dizemos. Você tinha que ver minha avó aspergindo os fiéis à saída da sinagoga...

Marcel quer logo sentir aquela atmosfera oriental, tão diferente da que conhecera até então. O judaísmo de Alfred não parece contrariá-lo, pelo contrário. Para falar a verdade, ele nem pensa a respeito. Ele também fala de sua região – mais rude, talvez, menos ensolarada, com certeza, mas igualmente calorosa. "O sol que não temos acima de nossas cabeças", ele sorri, "nós o levamos no coração." Enquanto eles sobrevoam o Mediterrâneo, ele lhe fala do velho Roubaix, das casas operárias de tijolinhos vermelhos, dos pequenos pátios escondidos, da incrível piscina construída há uma dezena de anos.

– Você conhece essa piscina, Alfred?

– Já ouvi falar, como todo mundo. Mas nunca nadei nela.

– O prédio foi construído segundo o modelo de uma abadia, vá saber por quê. O espaço da grande piscina é como uma nave com vitrais dos dois lados representando o sol nascente e o sol poente. É magnífico. E é o único lugar onde os filhos dos burgueses e os meninos das ruas podem se encontrar.

Marcel também é tagarela e apegado à terra natal. Depois da piscina, com seus vitrais e seu "refeitório dos nadadores", ele fala dos botequins alegres onde os mineradores bebem em abundância e entoam aos berros as canções da gente do

Norte. E o nortista que se tornara parisiense começa a cantar: *Dors, min p'tit quinquin, Min p'tit pouchin, min gros rojin**... Alfred já ouvira aquela canção, mas não sabia que ela era o símbolo da união de todos os nortistas da França. Sentado à frente deles, Borotra, vendo seu atleta cantando como uma vedete de *music-hall*, se vira com um grande sorriso.

– Muito bem, estou vendo que os dois vão se dar bem...

Do outro lado do corredor, Marcel Cerdan, jovem boxeador promissor, aplaude. Início em fanfarra de uma viagem que os faz esquecer a pressão das competições e, principalmente, o país mortificado, com metade de seu território submetido ao jugo nazista, e a outra metade dirigida por um velho e trêmulo marechal.

Às ululações de Casablanca se sucedem as de Argel, tão esperadas, onde o clã Nakache em peso se reúne para festejar o retorno do herói. *A felicidade infinita do reencontro...* Nas arquibancadas da piscina de La Sablette, no coração da baía de Argel, o público vai em peso ver o garoto do país.

Homens, mulheres e crianças, todos chegam muito cedo àquele belo dia de sol. Dos vestiários, Alfred os ouve assobiar com impaciência e repetir seu nome. Um grupo de mulheres, indica-lhe o organizador do evento, segura um cartaz onde se pode ler: "Alfred, amamos você!". Alfred saboreia o momento que precede sua entrada em cena, lamentando a ausência de Paule e do futuro bebê. Como ele teria gostado que seu filho ou sua filha assistissem ao retorno do filho pródigo e àquela profusão de amor. Os alto-falantes interrompem subitamente sua divagação.

---

* Dorme meu bebezinho, meu pintinho, meu chuchuzinho... (N.T.)

– Senhoras e senhores, queiram oferecer uma acolhida triunfal a nosso grande campeão, Alfred Nakache, um dos melhores nadadores do mundo!

Quando ele entra na arena, o público se levanta como um só homem. Seus pais e seus irmãos batem palmas. Seus colegas de equipe também, magníficos em suas roupas brancas, com a bandeira tricolor costurada ao peito. Ele sobe no bloco de partida, mostra a língua e, sem nem mesmo se concentrar, mergulha na água fresca. Para essa demonstração de gala, ele não previra bater os cronômetros, mas seu gosto pela velocidade se impõe: ele nada com tudo, braços, tronco e pernas em alta velocidade, justificando sua reputação de lutador das piscinas. Ao sair da água, ele executa, sob os aplausos de todos, um salto perigoso no chão molhado. Rose, que é como uma mãe para ele, se atira em seus braços, sob o crepitar dos flashes. Alfred tem a impressão de ser o autor de um gol providencial no último minuto de uma partida do Red Star. O gol da libertação. Da vitória.

Naquela noite, a família organiza, com alguns amigos, um jantar típico sob as arcadas da baía de Argel. As piadas abundam, todos riem muito. Demais, talvez. Como se exorcizassem uma sensação de incerteza, de fragilidade. Pouco a pouco, Alfred se desliga da conversa. Sua avó Sarah, sentada à sua esquerda num bonito vestido tradicional judeu-árabe, percebe. Ela pega sua mão. Sarah já não tem muita força e seus olhos a traem dia após dia. Mas murmura em seu ouvido: "Guarde os dias de festa bem no fundo de seu coração, Alfred, para os dias de provação". *Do que está falando, vovó?*

Auschwitz. Nadar mais rápido que a morte

Willy Holt, como todos os prisioneiros de Auschwitz cujo talento interessa aos nazistas, se beneficia de um regime especial. Esse jovem pintor teve a boa ideia de se lançar na produção de desenhos eróticos. Diante do sucesso de seu catálogo e dos pedidos recebidos, ele agora se dedica sem obstáculos à pornografia. Graças a isso, ele dorme na enfermaria e tem direito a uma alimentação mais rica. Sua imaginação não tem limites para atiçar as fantasias do estado-maior. Para o oficial Strauss, que lhe sugerira aquela ideia, ele criara especialmente uma história em quadrinhos na qual um soldado de botas, de quatro no chão, com as calças abaixadas até os joelhos, é dominado pelo chicote de uma amante.

O alemão saíra da leitura visivelmente fascinado. Mas poderia ter se ofendido, se irritado e enviado Willy para o inferno dos barracões. Ou executado o rapaz com uma bala na cabeça e uma grande gargalhada. Foi o que aconteceu com Axel, contorcionista homossexual, culpado de se aproximar um pouco demais do comandante do campo durante uma demonstração. Depois do espetáculo, com os charutos ainda fumegando nos lábios, eles o atiraram na rua e o mataram com várias rajadas de metralhadora.

Como Willy, Alfred se sente na corda bamba. Um caminho escarpado do qual se pode despencar a qualquer momento. Mesmo assim, ele não se entrega ao fatalismo. A raiva que fervilha dentro de seu peito é grande demais para a resignação. Ele precisa aceitar algumas humilhações, caso contrário, mesmo com sua aura de campeão, corre o risco de morrer. A prova do punhal o marca como uma lâmina enfiada em seu coração. Por dentro, porém, ela o fortalece. E lhe dá vontade de viver. De lutar.

É assim que, num domingo de julho, Alfred propõe a um jovem prisioneiro de dezesseis anos, Noah Klieger, uma aventura insensata: mergulhar no tanque de retenção de água utilizado para os incêndios. *E nadar, nadar, nadar.* Correndo o risco de ser alvejado na água sem aviso. Nadar sem se sentir um animal de circo para os soldados da SS carentes de diversão. *Apenas sulcar a água. Se sentir livre.*

Noah se entusiasma com a ideia de desafiar os guardas. Ele é um ótimo nadador. Sua audácia, inclusive, espanta Artem. Na noite da véspera, do lado de fora da enfermaria, atrás de um caminhão, o rapaz de fronte larga e olhos vivos lhe conta sua infância de garoto temerário. Ele cresce em Estrasburgo, Luxemburgo e na Antuérpia, na Bélgica, sob a autoridade de um pai severo, Abraham, jornalista e escritor de família judia de origem polonesa. Na escola, Noah é brigão, indisciplinado. Mas também um excelente aluno. Ele pula vários anos, aos onze devora Dostoiévski, Tolstói, Victor Hugo, lê os poemas de Schiller, Goethe e Byron, que ele não entende direito, mas não faz mal. No liceu, torna-se membro dos Renards, um grupo da juventude sionista que se destaca em esportes – futebol, natação e queimada – e em dança – *hora* e *cherkessia*.

Obrigado a fugir em maio de 1940, diante do avanço alemão, ele caminha dez dias com a família até Dunquerque, sob fogo dos *Stukas*, os aviões da desgraça que mergulham na vertical e semeiam a morte com suas sirenes que mais parecem hienas. "Depois disso, quando você sobrevive", ele conta a Alfred, "você se sente invencível." Da praia, Noah assiste à retirada dos ingleses sob uma chuva de bombas alemãs. Depois, seus pais e ele são reconduzidos pela Wehrmacht até a Antuérpia e transferidos, alguns meses depois, junto com centenas de judeus estrangeiros, à pequena cidade belga de Genk. É lá que Abraham, seu pai, é preso pela Gestapo e enviado ao campo de concentração de Breendonk.

– Então arrisquei todas as minhas fichas – sorri Noah. – Escrevi uma longa carta ao general Von Falkenhausen, governador militar para a Bélgica e para o norte da França, na qual lhe disse que meu pai não era um criminoso e que minha mãe estava muito doente.

– Você é louco! – exclama Alfred.

– Algumas semanas depois, fui convocado ao quartel--general da Gestapo. Fui conduzido ao gabinete de um oficial superior que me disse: "Quem você pensa que é? Como ousou escrever ao governador militar?". Expliquei-lhe minha situação e ele me respondeu numa língua incompreensível. E disse: "Como? Você não entende nem mesmo a língua de seu povo? Não conhece o hebraico? Não lhe parece estranho que você, um judeu, não conheça sua língua, enquanto eu, um oficial alemão, a fale fluentemente?". Gaguejo que sim, é um pouco estranho, embora eu identifique algumas palavras ouvidas durante as orações. Então ele me diz: "Aprendi o hebraico na Palestina, onde cresci. Agora, suma daqui, já perdi tempo demais com você". Na placa do gabinete, só consegui ler seu nome e sua patente: *Sturmbannführer** Joachim Erdmann.

– E depois?

– Você não vai acreditar: quinze dias depois, meu pai voltou para casa, careca e magro. O general Von Falkenhausen aceitara meu pedido. Um milagre.

Sons de botas, a poucos metros de distância, os fazem sobressaltar. Um grupo de soldados parara para fumar um pouco adiante, ao longo do muro. Alfred e Noah se calam, retendo a respiração num ar viciado pela fumaça dos cigarros. Os militares falam alto, caem na gargalhada, depois seguem caminho. Noah continua sua história.

Depois de salvar o pai, ele se alista na rede clandestina Le Pionnier, de passadores** para a Suíça, e ajuda a salvar dezenas de jovens judeus. Em 15 de outubro de 1942, ele decide, diante do aumento do perigo, fugir da Bélgica. No entanto, no pequeno bistrô de Mouscron, onde espera o passador bebericando uma cerveja, três homens de casaco de couro preto chegam ao local. Eles verificam as identidades, saem, depois voltam a entrar.

---

* Patente paramilitar nazista equivalente ao grau de major no exército alemão. (N.T.)
** Os "passadores" eram indivíduos que faziam passar clandestinamente pela fronteira ou pelas linhas inimigas pessoas que fugiam do regime colaboracionista. (N.T.)

– Um deles – conta Noah – se aproxima de mim. Ele me diz: "Venha comigo ao banheiro". Eu pergunto por quê. "Quero verificar se você é judeu." Eu sabia que era o fim.
 – O que você fez?
 – Respondi em alemão: "Não precisa verificar. Sou de fato judeu, assim como você é um maldito alemão. De todo modo, vocês não vão ganhar a guerra e a Alemanha nazista será destruída". Os homens da Gestapo me disseram aos socos e pontapés o que pensavam do meu prognóstico.*

Em Auschwitz, Noah não perde nada dessa combatividade espontânea. Ele levanta a mão quando perguntam aos prisioneiros se alguns são bons boxeadores, embora nunca tenha usado um par de luvas. Como provar? "Num canto da sala reservada aos treinos", ele conta a Alfred, "vi Victor Young Perez dando jabs e ganchos. Imitei-o como pude, com medo de parecer um dançarino de cabaré. Eles acreditaram em mim, mais um milagre." *Esse garoto, decididamente*, pensa Alfred, *não é como os outros*.

*

Não surpreende que, com essa audácia inverossímil, naquele domingo Noah ficasse empolgado com a proposta de Alfred. Juntos, eles pensam num sistema de alerta: sentinelas colocados em pontos estratégicos em torno do tanque os mantêm informados da chegada eventual de uma patrulha. Eles são Léon, Gérard, Victor Perez e Charles, um jovem estudante de arquitetura que sonha em vencer o Prêmio de

---

* Segundo *Plus d'un tour dans ma vie!*, testemunho de Noah Klieger (Jerusalém: Elkana, 2014).

Roma. Alfred chama esses sentinelas de "golfinhos". Ou de "os francófonos", porque todos falam francês. Sem perder tempo, Alfred e Noah tiram os pijamas e ploft!, caem na água. *Meu deus, como é bom...* Alfred começa a nadar crawl lentamente. *Para não humilhar Noah...* Sob os cuidados de seus vigias, eles fazem uma dúzia de idas e vindas e descansam por alguns minutos na borda do tanque.

Noah e Alfred prolongam essa ilusão de felicidade o máximo possível. Querem provar para si mesmos que ainda são homens. "Fazendo isso, Noah, mostramos que ainda temos sentimentos humanos. Não somos apenas números. Para os outros, é um incentivo. Então, se você aceitar, vamos repetir isso." Na água, Noah levanta o polegar em sinal de aprovação. À noite, os prisioneiros querem saber todos os detalhes daquela louca aventura. Como se os ouvissem falar de uma fuga.

Ou de uma viagem ao fim do mundo.

Recorde mundial

De volta a Toulouse, revigorado pela turnê meridional, Alfred retoma os treinos com uma energia de adolescente. Ele se torna um Golfinho de verdade. Líder de uma equipe maravilhosamente unida. Todos têm em mente a competição internacional de Marselha, em 6 de julho de 1941, da qual participarão os melhores do mundo de cada modalidade. O Cercle des Nageurs de Marseille, com sua piscina escavada num quebra-mar rochoso que mergulha na água, é um esplendor. Alban Minville inscreve Nakache nos 200 metros peito. Seu rival se chama Jack Kasley, um americano supostamente imbatível. Mas Alban acredita que a vitória seja possível. Ele fuma um enésimo cigarro e, com sua voz possante, garante:

– Marselha é sua casa. Incentivado pelo público, será como se nadasse com pés de pato.

– Se o senhor diz.

Ele estava certo. Aquele dia é Argel multiplicada por dez. Um público endemoniado. Nas águas claras da piscina, eletrizado por aquelas ondas de encorajamento, Artem já não é um golfinho, mas um tubarão sulcando as águas. Ele ignora Kasley e sua incrível lista de vitórias. Seu único adversário é ele mesmo: Artem derrotando Alfred. *O lutador contra o frangote.* Ele nunca teve a sensação de nadar tão rápido. Ao tirar a cabeça da água, em transe, ele olha fixamente para os homens com o cronômetro. Os juízes confabulam, com uma cara de espanto, e o locutor de repente grita no megafone: "Recorde mundial! Recorde mundial! Recorde mundial de 2 minutos e 37 segundos!". Ele demora, e muito, para voltar a si. E entender que não se trata de uma brincadeira. Em sinal de fair play, Jack lhe faz um aceno amigável com a mão. Alfred se torna um dos mais rápidos do mundo em nado peito.

Carton é que deve estar de cara feia. Carton, que Alfred já desbancara do recorde francês de 100 metros peito no final de semana anterior, com um tempo de um minuto, nove segundos e três décimos de segundo. Jean Borotra lhe envia uma mensagem de parabéns naquela noite, bem como André Haon, prefeito de Toulouse, um verdadeiro amante dos esportes, ex-jogador de rúgbi e presidente do Stade Toulousain. A essas mensagens amigáveis se somam as de Hermant, seu treinador no Racing, e da adorável srta. Mercier. A imprensa, em sua grande maioria, aplaude. Kedroff, que o segue para o jornal *L'Auto*, usa palavras que o comovem: "Esse recorde é o símbolo da vida que tudo consegue pela coragem". No hotel Les Bords de Mer, onde os nadadores se hospedam, ele passa longos minutos ao telefone com Paule. Ela acompanha a competição através do jornal radiofônico Actualités Françaises na companhia dos Jany. Ele pede notícias da barriga. "O bebê está bem, Alfred. Talvez você não acredite, mas tive a impressão, durante a prova, que o acompanhava batendo as perninhas." *Paule é assim, ela dá vida à vida.* Dois meses depois, no dia 12 de agosto, Annie sorri para eles.

*

Para Jean Borotra, a turnê norte-africana é a gota d'água que faltava. Émile avisa Alfred por carta: Paris pede a expulsão do "basco saltitante". O que ele não lhe diz é que tudo, ou quase, é culpa sua. Naquele início de 1942, Borotra é abertamente criticado por ter convocado Nakache. Um judeu num evento oficial, era o que faltava! Ele não deveria ter se baseado em suas vitórias e em sua notoriedade de grande campeão, mas lembrado que ele era um pária. Em suas colunas, o jornal *Au pilori* faz ataques cada vez mais violentos. "E quem é esse nadador formidável, maravilhoso, extraordinário, esse homem sobrenatural, esse semideus de cabelos crespos, de narinas dilatadas, como gostam de retratá-lo num grande jornal parisiense? É o judeu Artem Nakache, membro da associação sionista Maccabi."

Em abril, Borotra é sumariamente demitido pelo governo de Vichy. Ele foge com a Gestapo em seu encalço. Nakache perde seu protetor e, na cidade rosa, os olhares familiares se tornam mais sombrios. Seus amigos Golfinhos também vão lhe dar as costas? Se afastar? Denunciá-lo? *E se houver outro Cartonnet escondido nesse grupo de amigos?* A ideia o aterroriza. Nos treinos, Alfred examina os colegas, tenta decifrar em seus lábios algum murmúrio, alguma ironia. Mas ele não descobre nada, apenas sorrisos abertos, abraços sinceros e amigáveis. Como se eles formassem uma bolha a seu redor, conscientes dos perigos que o ameaçam. No ginásio ele também se sente em segurança. Alguns levantam peso, rodopiam no cavalo com alças, enquanto outros sobem pela corda, se penduram nas argolas, num balé calculadamente anárquico. A sala cheira a suor e couro, energia e ímpeto de vida. Entre os frequentadores, está Aaron Stein, professor de matemática recém-destituído. Atrás de um dos grandes pilares de ferro que sustentam o prédio, ele informa Alfred da luta subterrânea que trava ao lado de vários colegas de Lot-et-Garonne. O nome do grupo que eles criam é L'Armée Juive [Exército judeu]. Um grupo de resistência, sabotagem, contra-ataque.

– Precisamos de ajuda, Alfred, para nos tornarmos verdadeiros combatentes – Aaron lhe murmura ao ouvido.

– Só você pode nos preparar para o confronto.

– Não entendo nada de esportes de combate, mas posso equipar a sala com um ringue e montar um setor de boxe.

– Conhece alguém para supervisioná-lo?

– Tenho uma ideia, sim.

Félix Lebel, ex-boxeador da Amicale Pugilistique de la Garonne, então afastado dos ringues, é vendedor de tapetes durante o dia, jogador de pôquer à noite, nos fundos de sua loja. Félix costuma aparecer nos finais de semana, para ver Alfred nadar. E às vezes eles jogam juntos uma partida de cartas. Por Alfred, ele recolocaria as luvas.

Auschwitz. Partilha

No campo onde se morre de fome, e mais ainda de desespero, Alfred quase sente vergonha, naquele dia, de receber um pacote na frente de Robert Waitz e Willy Holt.
– Vem da Cruz Vermelha – diz o professor. – Eles fizeram seu trabalho, sabem que você está aqui.
– Mas e os alemães?
– Não esqueça, Alfred, que você é um recordista mundial de natação. Eles nunca olharão para você como pros outros. Meus títulos de medicina, minhas publicações em hematologia e meus diplomas não são nada diante de seus troféus. Eles permitiram que você recebesse esse pacote.
– Não posso aceitar.
– Abra, Alfred, ou abrirei por você.

Alfred hesita. Ele tem a impressão de ser a criança mimada da *Kranken Bau*, a enfermaria. Ele detesta essa sensação. Quando criança, não suportava qualquer injustiça dentro da família, e menos ainda os queridinhos dos professores, que se exibiam em sala de aula. Ele os achava lamentáveis. E não se esquecia do Purim, a festa religiosa tão respeitada em Constantina. Uma festa alegre em que era preciso ser generoso com os outros, enviar pacotes de alimentos e doações aos mais pobres.

Robert empurra o pacote em sua direção, puxa a corda que o envolve, revelando um pequeno tesouro: geleia, biscoitos, barras de chocolate, um enorme pedaço de presunto, mas também, luxo supremo, uma dúzia de sabonetes.

– Vamos dividir em quatro: uma parte para o senhor, uma para Noah, uma para Willy* e a última para mim.

– Esqueça minha parte – sorri Robert. – Me deixe apenas um sabonete e um pedacinho de chocolate. Outros têm necessidades mais urgentes.

– Então faço como o senhor, professor.

Noah e Willy os seguem. E assim, nos dias seguintes, eles dividem o pacote da Cruz Vermelha num grande número de pacotinhos enrolados em papel. Eles evitam despertar a desconfiança dos oficiais da SS e dos *kapos*, seus guardas, e levam aquele reconforto efêmero, mas muito precioso, aos mais necessitados do campo da morte. No bloco 35, aonde Nakache leva um pacote, a mão carinhosa de um homem deitado num enxergão, de talvez quarenta ou cinquenta anos, cuja magreza extrema o faz parecer sem idade, o dilacera.

---

* Em suas memórias, *Femmes en deuil sur un camion* [Mulheres enlutadas em um furgão] (Paris, Nil Éditions, 1995), Willy Holt escreve: "Pela lógica, uma pessoa privada de tudo, de qualquer esperança no futuro, teria a reação, sem que fosse possível culpá-la, de mergulhar sozinha no prazer daquele maná imprevisto. Mas Alfred divide seu tesouro. Naquele mundo de sofrimento, selvageria, luta ininterrupta pela vida, esse gesto adquire uma dimensão heroica. Outras iniciativas do mesmo tipo confirmarão, mais tarde, a qualidade de Alfred Nakache, e terão para mim a força de um exemplo".

Yevarechecha HaShem, lhe murmura esse homem num suspiro. *Que o Senhor te abençoe.*

Algumas semanas depois, Alfred recebe uma pequena mensagem de Willy, num pedaço de papel enrolado como um cigarro. A letra é apertada, quase ilegível. Alfred se aproxima do triângulo de luz que ilumina a peça. E lê: "A lição de solidariedade que você me deu, meu amigo, a partir de agora será para mim uma regra de conduta. Um pedaço de pão, simples cascas de batata, um cigarro, são concretamente de um aporte quase nulo. Mas os olhos que os recebem podem irradiar tamanho sorriso, tamanho brilho de reconforto, que não devemos nos deixar deter pela modéstia do gesto".

É a vez de seu rosto se iluminar com um sorriso radiante.

Verão de 1942

O clima está pesado. Não apenas devido ao calor sufocante que se abate sobre o país. Pesado por uma surda inquietação. Com seu dispositivo de medidas discriminatórias contra os judeus, o governo de Vichy antecipa os pedidos dos nazistas. Diz-se em toda parte que os judeus estrangeiros correm perigo. Judeus originários da Alemanha ou do Leste Europeu, que fugiram dos pogroms e do encarceramento, e que, depois de passar pela Bélgica, se refugiaram nas aldeias tranquilas ao sul do rio Loire. Maurice Hirsch, frequentador do ginásio, é um deles. Ele conta toda sua história a Alfred. Ele e toda sua família deixaram Leipzig depois da Noite dos Cristais, no outono de 1938. Durante aquela noite de horror, em todo o Reich, os soldados da SS incendiaram sinagogas, destruíram lojas de judeus, assassinaram homens, mulheres e crianças. Da fábrica de sapatos da família Hirsch, restou apenas uma pilha de madeira queimada. Hoje, Maurice tem certeza: uma grande batida se prepara em todo o Sul. Milhares de judeus estrangeiros serão deportados para a Alemanha e para a Polônia. Ele ouve isso de um amigo, agente do Serviço Social de Vichy.

Ele deve ceder ao pânico? Nakache não está suficientemente informado para saber, ocupado demais com seus treinos e com a gestão do ginásio. Além disso, ele não é dos mais aguerridos em política. Nas conversas, ele tem vergonha de admitir, muitas referências lhe escapam. No final de agosto, na segunda-feira, dia 23, Félix Lebel, o boxeador chamado por Alfred, entra no ginásio. Ele parece preocupado e lhe estende uma carta do arcebispo de Toulouse, Monsenhor Saliège, que será lida em todas as paróquias. Félix é católico praticante, como sua mulher Babeth. Todos os domingos, eles vão à missa solene das onze horas, na catedral Saint-Pierre.

– Leia isso à noite. É corajoso, é bonito, mas não pressagia nada de bom.

Alfred dobra a folha em quatro e a guarda no bolso do casaco. Félix é um irmão. O boxeador amador já está no fundo da sala, motivando seus homens:

– Vamos, rapazes, o que estão esperando? Batam nos sacos. Direita, esquerda, gancho, e mexam as pernas, caramba!

*

Em casa, Paule se encarrega de ler o texto em voz alta. Naquele dia, Alfred não toca nos bolos de flor de laranjeira preparados pela mulher; serve-se de uma grande taça de vinho de Cahors, embora quase não beba. Ela se senta à sua frente e começa a leitura:

– "Meus caríssimos irmãos... Foi dado a nosso tempo ver o triste espetáculo de crianças, mulheres, homens, pais e mães serem tratados como um vil rebanho, os membros de uma mesma família serem separados uns dos outros e embarcados para um destino desconhecido..."

Paule se interrompe. Ela percorre em silêncio as linhas seguintes e retoma a leitura, esforçando-se para manter a voz clara.

– "Em nossa diocese, cenas de horror ocorreram nos campos de Noé e Récébédou.* Os judeus são homens, as judias são mulheres. Não é permitido fazer de tudo contra eles, contra esses homens, contra essas mulheres, contra esses pais e mães de família. Eles fazem parte da raça humana. Eles são nossos irmãos como tantos outros. Um cristão não pode esquecer." Continuo, Alfred?

– Continue, sim.

– "França, pátria bem-amada, França que carregas na consciência de todos os teus filhos a tradição do respeito da pessoa humana, não tenho dúvida de que não és responsável por esses horrores. Jules-Géraud Saliège, arcebispo de Toulouse."

Alfred se levanta, Paule volta a dobrar o papel. Ela tem o olhar ausente. Ele passa atrás dela, mergulha a mão em seus belos cabelos castanhos, acaricia longamente sua nuca.

– Félix me passou esse texto. Não acredito que um simples homem da Igreja possa mudar as coisas.

– Pelo contrário, é tão humano, as pessoas vão acordar.

– Duvido, Paule.

---

* O campo de Noé está situado ao sul de Toulouse. De fevereiro de 1941 ao fim do verão de 1942, 2.500 estrangeiros são presos, metade deles judeus, metade republicanos espanhóis. O campo de Récébédou, nas proximidades, na comuna de Portet-sur-Garonne, é o ponto de partida de comboios, via Drancy, na direção de Auschwitz e outros campos de extermínio.

– Temos que nos preocupar?

– Não diretamente. Não imediatamente. As batidas visam os judeus estrangeiros. A menos que digam que os judeus argelinos não são mais franceses.

– É o caso?

– No papel, sim, mas não sei o que eles vão decidir. Ninguém sabe.

O apelo indignado do arcebispo poderia bastar para frear o zelo dos dirigentes de Vichy? No dia 29 de agosto, em todo o sul da França, os policiais acordam centenas de famílias ao alvorecer. Elas têm cinco minutos, nada mais, para encher uma mala e subir num ônibus. Maurice Hirsch, sua mulher e seus três filhos também são presos. Para onde são levados? Para imensos centros de detenção, acredita Félix. À espera do trem que os levaria a Drancy, perto de Paris. E, de lá... Essa batida é como um soco no fígado. No ginásio, Aaron segue treinando com uma determinação taurina.

– Vamos lutar, Alfred, como você nas piscinas. Mantenha-se afastado de nós, continue a nadar, acima de tudo.

Alfred aprecia a retidão do olhar de Aaron. Como ele, há muita gente que quer pegar em armas. Essas pessoas se encontram fora da cidade, num celeiro isolado, longe de todas as casas, para aperfeiçoar seus planos, treinar tiro, redigir seus panfletos. L'Armée Juive. Depois das prisões ignóbeis decretadas pelo marechal e por Pierre Laval, seu braço direito, o nome da organização clandestina nunca foi tão adequado.

Félix informa Alfred que em Lyon o cardeal também se insurge contra aquela batida. Ele se chama Gerlier e resiste da manhã à noite ao prefeito Angeli. Com a ajuda de um abade, o padre Glasberg, judeu convertido ao catolicismo, dizem que ele consegue retirar uma centena de crianças de um centro de detenção localizado em Vénissieux, no subúrbio de Lyon, fazendo os pais assinarem, durante a noite, certidões de abandono. Uma das garotinhas tinha no bolso os brincos deixados pela mãe e prometia que nunca os perderia. Em casa, quando Alfred fala dessa operação de salvamento, Paule não consegue esconder sua dor.

– As crianças foram confiadas a outras famílias, Paule, estão salvas.

– Mas a polícia vai procurá-las por toda parte, será?

– Talvez, mas dizem que existe em Lyon uma incrível solidariedade entre religiosos e não religiosos, católicos, judeus, laicos, protestantes. Formam uma espécie de barreira. Um cordão sanitário. Além disso, as redes de resistência se mobilizam. Elas distribuem panfletos pela cidade. Veja, Félix me deu um exemplar...

Em enormes letras maiúsculas, Paule lê uma advertência: "Vocês não pegarão as crianças".*

*

Para todos os tolosanos, novembro de 1942 é um mês sinistro. Marca a entrada da Gestapo nas ruas da cidade. O fim da zona livre e, para os Nakache, das últimas ilusões. Com o 9º decreto das "autoridades de ocupação", "todas as

---

* Título do notável livro de Valérie Portheret (Paris: XO Éditions, 2020). Das 108 crianças resgatadas, três foram capturadas pela Gestapo, deportadas e exterminadas em Auschwitz: Margot Koppel, Maurice e Gabrielle Teitelbaum.

manifestações esportivas, seja como participantes, seja como espectadores, estão proibidas aos judeus, bem como o acesso a praias e piscinas". Os nazistas instalam seu quartel-general no hotel Ours Blanc. Embora Alfred tenha obtido nos últimos meses cinco títulos de campeão francês, a imprensa colaboracionista se enraivece contra ele, criticando os dirigentes da Federação Francesa de Natação por deixá-lo participar das competições. Uma noite, ao sair do ginásio, um homem de chapéu baixado até os olhos e colarinho levantado caminha até ele. Seu rosto não está à mostra.

– O que quer de mim?

Ele lhe estende um papel.

– Tome, leia isso e estude sua lição.

O desconhecido desaparece nas ruas escuras e cheias de neve do bairro enquanto Alfred se aproxima de um poste de luz. É um artigo do jornal pétainista *Pays libre*, assinado por "P.L.". O homem de preto sublinhara trechos a caneta.

O ESPORTE É UMA COISA BELA
Mas os judeus não devem ser honrados com competições nacionais.
NAKACHE É JUDEU?
Se sim, que ele seja excluído das competições.
Na semana passada perguntamos se Nakache era judeu. E, se fosse, se deveria ser excluído das competições esportivas. Faz muito tempo que fazemos campanha contra os judeus, que levaram nosso país ao desastre, e é por isso que ainda insistimos e pedimos que uma investigação seja feita sobre o recordista mundial, campeão francês: Nakache.

Seria triste ver o nome de um judeu representando a França na lista dos recordes mundiais. É preciso fazer alguma coisa. Nakache é judeu? Queremos uma resposta. Então, Nakache, explique-se! Mas, se é judeu, retire-se do esporte francês ou sofrerá as consequências.

Seu coração para de bater. Pela primeira vez, ele sente um líquido gelado escorrer por suas costas. Será medo?

Toulouse, 1943

Mas o que Jacques Cartonnet está fazendo em Toulouse? Toda a cidade comenta a presença do antigo campeão parisiense. Seus cabelos cheios de gel e sua silhueta alongada são vistos em toda parte. Na câmara municipal, na prefeitura e também no "pequeno castelo", a grande casa burguesa do bairro Le Busca, que a Gestapo acabou ocupando no lugar do hotel Ours Blanc. Como essa gente precisa de espaço! Os oficiais alemães são cada vez mais numerosos, mas também funcionários franceses zelosos, atrás dos supostos adversários do Reich: resistentes, judeus, comunistas, homossexuais, artistas, intelectuais. Sem falar dos atletas de alto rendimento, que são adulados pelo povo e às vezes se acreditam capazes de tudo. Segundo Félix, sempre com boa abertura entre os governantes locais, o pequeno castelo também organizava muitas festas.

– O último andar, imagine só, é um verdadeiro lupanar. Uma reunião de pândegos que fazem orgias até o fim da madrugada. Carton, ao que parece, não precisa de convite. Ele está em casa. É inclusive um dos mestres de cerimônia.

Mas Alfred descobre algo que o deixa aterrado: há vários meses, Carton dirige o setor Juventude e Esportes da Milícia da Haute-Garonne. Ele trocara os paletós de tweed e as calças de flanela pelos uniformes acinturados dos apoiadores da Gestapo. O antigo bonitão dos bairros chiques de Paris já não aperta mãos: ele faz a saudação nazista. E participa de reuniões de propaganda em que se propõe a "definir o papel desempenhado pela educação física e esportiva do homem na revolução nacional". Cartonnet segue Alfred por toda parte. Seu ex-rival nas piscinas quer seu fim esportivo. *Talvez sonhe inclusive em me ver morto...* Quando os campeonatos franceses organizados em Toulouse se aproximam, os jornais locais, controlados pela Gestapo, se enfurecem contra ele. É inadmissível que um judeu da Argélia represente a cidade. O órgão colaboracionista *Je suis partout* chega a pingar de ódio. E de ameaças. "Nakache é o judeu menos defensável, o *youtre** mais especificamente *youtre* de toda a *youtreria*. Um vil personagem que no mínimo pertence ao campo de concentração..."

Início de julho de 1943. No meio do treino, Albin Minville faz Alfred sair da água.

– Vista-se e venha até meu gabinete.

Por que aquela cara sinistra? Alfred não vislumbra nada de bom. Faz várias semanas que a pressão só faz aumentar. Nas cercanias do ginásio, os homens de Cartonnet, enrolados em suas longas gabardines, ficam à espreita. Espiam as entradas e saídas, tomam notas em pequenos cadernos, partem rapidamente em seus carros. De Paris,

---

* Injúria racista e antissemita para designar uma pessoa judia. (N.T.)

Émile confirma a Alfred que a repressão contra os judeus franceses, e não apenas estrangeiros, se intensificava a cada dia, que ele precisa se esconder na Espanha. Ele e Paule refletem. Chegam inclusive, uma noite, a se encontrar com um grupo que prepara uma travessia dos Pirineus com um passador. Mas o choro de Annie corre o risco de estragar tudo. Além disso, Alfred não se vê abandonando o navio, deixando para trás o grupo do Clube dos Golfinhos.

Um dia, no terraço do Bibent, onde Alfred toma um café, um homem, ao sair, deixa cair distraidamente sobre sua mesa uma revista. Parece um número da *Match*, revista da moda sobre a vida das celebridades. Mas Alfred entende na mesma hora: trata-se de um pastiche ignóbil do número da *Match* de julho de 1938, em que ele aparecera na contracapa, em página inteira, com um sorriso até as orelhas e mostrando a língua, como sempre.

Aquele exemplar da *Match* era preciosamente guardado por Paule. Nele eram celebrados os títulos de Alfred: campeonatos franceses, recordes europeus. Uma consagração. Os autores do panfleto tinham manipulado a fotografia de Alfred, tornando sua língua pontuda, reduzindo o tamanho de seus olhos e fazendo-os mais profundos... e tinham mudado o nome da revista: *Os palhaços do esporte, suplemento da revista* Reviver, *a grande revista ilustrada da raça.*

Alfred se inclina para ler o artigo. Título: *O ídolo das piscinas judaizadas*. O que ele lê, sob a pluma de Jean Dauven, é de uma violência inaudita: "É preciso acabar com isso. É importante depurar o esporte francês de seus judeus. Graças às medidas gerais, essa limpeza parcial será mais fácil de realizar, aliás, do que aquela que consistirá em eliminar do esporte francês a imundície mercantil pela qual o espírito judaico, em toda sua cupidez e hipocrisia, ainda reina sobre nosso esporte e o mantém no lodo". Denunciando com força a ausência de medidas radicais no campo esportivo e a cumplicidade culpada da Federação Francesa de Natação, Dauven continua: "Os judeus ainda gozam das mesmas prerrogativas e não deixam de aproveitá-las. Essa é uma das raras circunstâncias em que, ao tirar as roupas com a estrela amarela, eles se enxergam como os outros".

– Sente-se, Alfred, o que tenho a anunciar não é fácil – suspira Alban. – Os alemães se opõem firmemente a sua participação nos campeonatos franceses. Émile-Georges Drigny* e a federação tentaram protegê-lo organizando o encontro não em Paris, como previsto, mas aqui em Toulouse. Eles não podem fazer mais nada.

– Mas...?

– Mas seus colegas não concordam com essa decisão. Se você não puder concorrer, eles decidiram boicotar a competição.

Alfred gagueja que não quer que eles percam a competição para a qual estão treinando o ano inteiro. No fundo, porém, a decisão dos colegas aquece seu coração.

– Eles vão decidir individualmente, em suas almas e consciências. Apesar das ameaças da Gestapo, os que boicotarem a competição não serão sancionados pelo clube, prometo a você, Alfred.

---

* Émile-Georges Drigny, que fizera um perfil de Nakache no *Le Miroir des sports*, dois anos antes, se torna presidente da Federação Francesa de Natação em 1942. Ele ocupa o cargo até 1949.

Antes de voltar para seu apartamento, Alfred decide passar pelo ginásio. Ele precisa espairecer, pensar em outra coisa. No fundo da sala, Aaron está levantando peso. Ao vê-lo, ele derruba a barra pesadamente.

– Eles o colocaram na rua, é isso?

– Como adivinhou, Aaron?

– Nosso exército tem ouvidos. Cartonnet chegou com tudo. Vamos cuidar de você, Alfred. A situação não está quente, ela está pegando fogo.

– Acho que já queimei as mãos.

O anúncio de sua eliminação do campeonato se espalha pela cidade como um rastilho de pólvora. No Bibent, diante de uma taça de vinho branco, Félix é categórico:

– Os tolosanos vão mostrar a esses canalhas do que são feitos. As arquibancadas vão ficar vazias. E os Golfinhos, o que decidiram?

– Não posso pedir nada a eles, não quero comprometê-los.

Faz quanto tempo que Alfred não ri como uma criança? E quando foi a última vez que ele mostrou a língua, revirando os olhos, se fazendo de palhaço? Pensando bem, ele tem a impressão de estar falando de outra pessoa. Como Félix previra, nenhum dos Golfinhos participa da competição. *Homens fortes. De verdade.* Os nadadores tolosanos desertores são suspensos. O presidente do clube, Guillaume Le Bras, é excluído definitivamente. Durante os dois dias de competição, Paule e Alfred não saem de seu apartamento. Dois dias inteiramente dedicados a Annie. À filha. Sozinhos no mundo.

*

Na semana seguinte, no ginásio, Aaron coloca discretamente um papel no bolso de Alfred. Na sala dos fundos, onde são guardados os equipamentos, ele o abre. É um comunicado do Fraternité, órgão de ligação das "forças francesas contra a barbárie racista". Ele o relê várias vezes. E fica comovido com o apoio. Tranquilizado por aquele espírito combativo que cresce na sombra.

Você conhece Nakache? Ora, todo mundo o conhece. Ele é o campeão francês dos 100 metros e dos 200 metros nado livre, e recordista mundial dos 200 metros peito. Ele fez mais pelo prestígio da França e pela juventude esportiva francesa do que todos os Pascot* e Cia. Mas, porque existe um mas, Nakache é um francês judeu. Que insolência da parte de um judeu nadar mais rápido que um [...] Cartonnet [...] ou outro miliciano...

[...] Ele foi proibido de participar da última competição de natação. Mas as autoridades não conheciam o público esportivo tolosano, e muito menos os nadadores do Toulouse Olympique Employés Club (TOEC) e do Toulouse Athletic Club (TAC). Estes últimos, indignados com essa medida de racismo imbecil, se solidarizaram com Nakache e se recusaram a participar do campeonato, apesar das ameaças de Pascot, comissário-geral dos Esportes...

---

* Joseph Pascot é um antigo jogador da seleção francesa de rúgbi. Coronel do exército, ele dirige, sob Vichy, o gabinete de Jean Borotra, depois sucede a esse último.

[...] As arquibancadas ecoaram por bons dez minutos com gritos de: NAKACHE! Os verdadeiros atletas tolosanos manifestaram sua repulsa por aqueles que, sabotando os esportes, se fazem protagonistas dos métodos teutônicos.

– Você não está sozinho, Alfred – sussurra-lhe Aaron, com a mão em seu ombro.

No entanto, um após o outro, os jornais esportivos cedem à censura de Vichy e da Gestapo, brutalmente relegando Nakache ao anonimato e ao silêncio. O motivo de sua ausência das competições é calado. Ele deixa de existir. É mencionado apenas na imprensa antissemita, que já não conhece limites. O jornal *Au pilori*, na edição de 23 de agosto, descamba para a baixaria: "O judeu Nakache, brilhante representante da França na natação, não participou das competições francesas. Porque estava machucado. Machucado onde? No prepúcio? Por uma infeliz tesourada?".

Auschwitz, enfermaria

Na penumbra da entrada da enfermaria, Alfred vê a silhueta de Willy Holt, o jovem pintor que desenha os caprichos, às vezes bastante extravagantes, dos oficiais da SS. Seu rosto está contorcido de dor. Há vários dias, ele luta contra um flegmão, acúmulo de pus no tornozelo esquerdo, resultado das caminhadas forçadas com galochas duras como madeira e que só piora.

– Recebi essas três pomadas – suspira Alfred. – Não sei dizer qual você deve usar...

– Lindas cores – geme Willy. – Branco-acinzentado, rosa-desmaiado, amarelo-enxofre. Vamos começar pela rosa.

Alfred aplica o creme no inchaço que lhe deforma o pé. Massageia o tornozelo delicadamente enquanto Willy cerra os punhos.

– Então, como vai o Kommando 78? – murmura Alfred, para desviar sua atenção da ardência que sobe até o joelho.

– A melhor ocupação, depois da cozinha – Willy ironiza. – Somos dez artistas dirigidos por um *kapo* polonês, um pintor bastante bondoso, chamado Tadek. Ele vem de

Lodz, onde deixou mulher e filha pequena. Fala sobre elas com frequência, com muita emoção.

Ao ouvir isso, o coração de Alfred se aperta. Willy esquecera que tudo o faz lembrar de Annie.

– E o que está pintando para eles? – logo pergunta Alfred, para desviar aquele soco involuntário.

– Tirando algumas fantasias eróticas, essencialmente retratos de família. Não vou dizer que é um trabalho gratificante, mas é rentável. O honorário mais corrente é comida: pão, bolo polonês, às vezes açúcar. Na maioria das vezes, cigarros, a troca mais fácil de se dissimular.

– Você fuma?

– Nunca fumei. Posso garantir a você que o espetáculo da degradação pelo tabaco não me incita a fumar. Então troco os cigarros por comida. Isso me permite socorrer os subnutridos ou saciar os fumantes em estado dramático de abstinência, que correm o risco de soçobrar.

– Tanto assim? – volta a perguntar Alfred, dessa vez colocando a pomada amarelo-enxofre na pele inchada de Willy.

– Você nem imagina. Outro dia, por curiosidade, me aproximei de um grupo de seis prisioneiros acocorados em círculo. Tinham se reunido para fumar um cigarro juntos. De repente, vi a ideia de assassinato brotando em alguns olhos.

– Assassinato?

– Sim, assassinato. Se alguém tragasse demais, por muito tempo, o pior poderia acontecer.

– Homens dispostos a matar por uma baforada de tabaco, é a esse ponto que chegamos – diz Alfred com tristeza.

*

Alguns dias depois, Willy volta à enfermaria, com o passo mais firme.
– E como vai esse flegmão? – pergunta Alfred ao vê-lo.
– Parece bem encaminhado.
– Com certeza, mas não acho que seja por causa de seu pó de pirlimpimpim.
Aproximando-se do ouvido de Alfred, ele diz:
– Preciso de algo para dor. Minha cabeça vai explodir. Não consigo dar duas pinceladas seguidas, e o chefe do Tadek quer seus quadros.

Alfred sai, conversa discretamente com o professor Waitz, que vasculha uma gaveta e coloca alguns comprimidos dentro de um lenço. Alfred o faz chegar às mãos de Willy. Depois de sua prestidigitação, Alfred retoma a conversa num tom casual.
– E o que ele quer, dessa vez?
– Guaches para ilustrar contos de fadas para seus filhos.
– Você já começou?
– Sim, é estranho, me faz reviver dias felizes que eu pensava esquecidos, jardins, praias, brincadeiras, florestas, cachorros, flores, pomares. O contraste com o que vivemos aqui ativa minha imaginação.
– Como assim?
– É como se os lápis e os pincéis se movessem sozinhos, numa poesia gráfica de que sou incapaz.
– E ele gosta?
– Seus filhos adoram.

Alfred se cala, com os olhos subitamente vazios. *Esse pai feliz terá um pensamento por todos os que viu morrer gritando de terror?*

Toulouse, 20 de dezembro de 1943

Num alvorecer escuro, alguém bate à porta com força.
– Polícia, abra!
Alfred veste um roupão e caminha até a entrada do apartamento.
– O que quer de mim?
– Abra ou vamos derrubar a porta!
Paule vai buscar Annie, que começa a gritar, assustada com o barulho. Assim que Alfred gira a maçaneta, homens de preto entram em todas as peças, empurrando-o com brutalidade.
– Você está preso, Alfred Nakache, por ordem da Gestapo. Vamos conduzi-lo ao quartel-general.
– E minha esposa? E minha filha?
– Elas vão com você. Só levem algumas roupas, mais nada, será suficiente.
Eles se preparam às pressas, enfiando algumas coisas numa pequena mala. Sem pensar, Alfred tira duas fotografias de suas molduras e as coloca no bolso do paletó. Na primeira, sua família, completa, posa orgulhosamente à beira da piscina de Sidi M'Cid. A segunda é um retrato de Annie, no

dia de seu primeiro aniversário. No "pequeno castelo" em cujo hall de entrada eles são obrigados a esperar, sua chegada passa despercebida. Oficiais da Gestapo confabulam com membros da Milícia em meio a espirais de fumaça azul. Secretárias carregando dossiês sobem e descem as escadas, batendo os sapatos de salto. Está quente ali dentro, muito quente. A menos que seus corpos é que estejam reagindo e tentando se adaptar ao cataclismo.

Uma hora se passa, até que um funcionário francês, elegante e cortês, pede a Alfred que o acompanhe ao primeiro andar. O chefe da Gestapo em pessoa, o oficial da SS Karl Heinz Müller, quer vê-lo.

– Sr. Nakache! – ele exclama quando Alfred entra em seu gabinete. – Que prazer conhecê-lo!

Ele se aproxima como se quisesse apertar sua mão. Mas se detém, examinando-o da cabeça aos pés.

– Pensei que fosse mais alto, meu amigo, mais musculoso também, para um recordista mundial de natação.

Sua ironia deixa Alfred duro como mármore. Ele não responde.

– Saiba que conheço sua carreira de cor – emenda o oficial, servindo-se de café. – Acredito, aliás, que nos Jogos Olímpicos de Berlim, diante de nosso amado Führer, sua equipe venceu a nossa. Não foi bonito, sr. Nakache. E tampouco seus pequenos encontros secretos com a Armée Juive nos belos campos tolosanos.

O exército judaico... Duas palavras que, naquela boca apertada, o condenam à morte. Seu corpo se retesa.

– Relaxe, Alfred. Terá todo tempo do mundo na prisão Saint-Michel para relembrar suas façanhas. Enquanto espera pela grande viagem. Levem-no!

Algemado com as mãos nas costas, Alfred passa por Paule e Annie. Com a cabeça voltada para baixo, sob a pressão da mão de um soldado que aperta seu pescoço. Ele ouve a voz de Paule tentando lhe dizer alguma coisa, mas suas palavras se perdem no zum-zum do hall. Assim que a porta se fecha, seu grito o dilacera.

*

Na prisão Saint-Michel, enorme prédio com ares de fortaleza, um guarda logo o reconhece. Rodolphe Debrand. Ele trabalhara por certo tempo no TOEC como agente de manutenção. Durante o banho de sol, ele lhe confirma que Paule estava presa na ala reservada às mulheres.

– E Annie?

Ele hesita, constrangido.

– Pelo que sei, foi levada à creche da Rue Sainte-Lucie. Está em segurança.

Annie arrancada da mãe. Dos pais. Aquela gente não recuava diante de nada. Rodolphe tenta reconfortá-lo, sob o olhar desconfiado de seu superior, que, do outro lado do pátio, brincando com as chaves, olha para eles.

– Tenho amigos na cidade, Alfred, eles cuidarão dela, não se preocupe. E Minville passou para vê-la, me disseram. Ele comprou um bichinho de pelúcia para sua filha.

Alfred abre um sorriso triste. Ele tenta não se deixar levar pela emoção.

– E os jornais, o que dizem?

– Não sei, Alfred.

– Nada, é isso?

– Não sei. Não importa.
– Nada, então.*
– Vamos cuidar dela, não se preocupe.
– Prometa que vai cuidar de Paule. Diga-lhe para ser forte.

Alfred divide a cela com Alain, um jovem resistente da rede FTP-MOI.** Sozinho, esse garoto é um bastião contra o desânimo. Ele não deve ter nem vinte anos. Tem os cabelos loiros e compridos puxados para trás, um rosto encovado e anguloso, olhos azuis muito claros, mas com olheiras terríveis e como que estriadas de sangue. O jovem exibe uma descontração insolente, mas já sofreu, isso se percebe à primeira vista. O nome de Nakache lhe diz alguma coisa, é claro, mas ele confessa não se interessar muito por esporte. Não faz mal. Alain, por sua vez, estudou letras em Toulouse.

– Ainda bem que tenho os livros para pensar em outra coisa. Ao menos os que eles nos deixam ler.

Alfred fica preocupado com o que Alain lhe diz sobre o destino reservado aos judeus. Ele fala do campo de Drancy, no nordeste de Paris, e dos comboios para Auschwitz, na Polônia, onde muitos morrem.

– Precisamos tirar você daqui – lhe diz Alain –, mas os alemães estão espalhados por toda a região, fica cada vez mais difícil.

---

* "Perseguido pela mídia antissemita, no início aureolado pela imprensa esportiva, o nadador é preso e deportado em meio ao silêncio midiático mais completo", escreve a historiadora Doriane Gomet (*op. cit.*).
** Os Francs-Tireurs et Partisans-Main-d'Œuvre Immigrée (FTP-MOI) são as unidades da Resistência Comunista que, a partir de abril de 1942, conduziram a guerrilha nas grandes cidades da França contra o ocupante nazista.

Alain não tem muitas ilusões sobre o destino que o aguarda. Ele foi acusado de terrorismo. Uma granada atirada à passagem de um comboio da SS. Seu chefe, Marcel Langer, foi guilhotinado no pátio, no dia 27 de julho. Como vários de seus colegas: Conchita, Maurice, Sylvain, Angèle, Raymond, Alice.

– Nesse campo de ruínas – ele sorri –, é preciso manter as esperanças. Você conhece André Malraux, o grande escritor? Ele ganhou o prêmio Goncourt, há exatos dez anos, por um livro fantástico: *A condição humana*.

– Com exceção dos manuais de natação, não leio muito.

– Esse livro conta como um grupo de revolucionários comunistas preparou o levante da cidade de Xangai, em 1927. E nos diz que a consciência do absurdo pode coexistir com a certeza de poder triunfar sobre seu destino...

– Como?

– Graças ao engajamento na história, Alfred.

– E ele aplicou isso a si mesmo?

Os olhos de Alain se iluminam com um brilho de malícia.

– Ah, sim! Esse reconhecido intelectual também é um feroz membro da Resistência. Ele lutou na clandestinidade, no Lot, antes de ser detido e preso aqui. Mas eles não contavam com os irmãos Angel. Esses dois não hesitaram em recorrer à força. Na véspera da transferência de Malraux para a Alemanha, eles o arrancaram da prisão. Não se esqueça dessa história, Alfred, ela lhe trará sorte.

Alain convida Alfred a falar de si. O Golfinho mostra a foto da família, seus pais, seus dois irmãos. E a de Annie, que os guardas o autorizaram a conservar. Naquela noite de inverno, a primeira atrás das grades, Alfred embarca seu companheiro de cela numa longa viagem rumo a Constantina.

O silêncio de Forain

De sua cela na prisão Saint-Michel, François Verdier descobre, estupefato, que Alfred Nakache, o grande campeão, o Golfinho de Toulouse, foi preso com a mulher e a filha, alguns dias depois de sua própria detenção. Ele admirara Artem nas piscinas, aplaudira com força suas façanhas. Dono de uma empresa de comércio de máquinas agrícolas, juiz no tribunal de comércio de Toulouse e grande amante de esportes, ele é o líder da maior rede de resistência do departamento da Haute-Garonne. Mas Alfred não o conhece. Assim como não conhece seu codinome: Forain.

Na manhã de 13 de dezembro de 1943, Verdier fora preso junto com uma centena de membros da Resistência. Para a operação "Meia-noite", como fora chamada, unidades da SS e da Feldjäger* tinham ajudado a Gestapo e seus auxiliares. Uma captura devastadora para a Resistência. Agora, porém, encerrado entre quatro paredes, Forain só pensa em Nakache, furioso por terem se voltado contra

---

* Polícia militar da Alemanha, ativa do fim das guerras napoleônicas até o fim da Segunda Guerra Mundial. (N.T.)

uma das glórias do esporte francês. Fisicamente, ele passa uma imagem de retidão e força impressionantes – postura impecável e olhar negro profundo –, que a violência dos golpes recebidos no rosto não altera em nada. Ele pega uma caneta e decide lhe enviar uma mensagem clandestina.

É Alain, o jovem resistente da rede FTP-MOI, com quem Nakache divide a cela, que recebe a mensagem amassada numa bolinha.

– Tome, leia isso, é para você, posso explicar...

Alfred se senta no banquinho e desamassa com precaução a folha de papel: "Meu caro Alfred, eu estive nas arquibancadas, no ano passado, quando você pulverizou o recorde europeu dos 100 metros borboleta. Nunca vi tanta potência. Seu sorriso ao sair da água, acima de tudo, me fascinou. Penso nele com frequência quando meus dias se tornam tristes. Seu afastamento, e agora sua prisão, me revoltam. Você com certeza ouvirá muito sobre mim nos próximos dias – não tenho espaço nem ousadia de lhe contar aqui –, mas saiba que tentarei tudo o que está a meu alcance para tirá-lo daqui. Cuide-se bem, campeão. Verdier".

– Conheço Verdier, ele passou várias vezes por mim – espanta-se Alfred. – Sempre tinha uma palavra de incentivo. Por que foi preso?

Em voz baixa, Alain lhe confidencia:

– Ele é o chefe dos Movimentos Unidos de Resistência na região de Toulouse. Diretamente nomeado por De Gaulle. Um sujeito excepcional. Sozinho, coordena todas as ações dos Movimentos Unidos de Resistência: recepção dos paraquedas, preparação das sabotagens, coleta de materiais, informações e contato com os Aliados, recrutamento, retirada de pessoas, gestão cotidiana dos resistentes na clandestinidade, tudo sob a cobertura de vendas de ceifadoras, gadanheiras e motores Japy.

– Ele corre muito perigo?

– Só sei uma coisa Alfred: ele não vai falar.

Abril de 1944. *Sport Libre*

Em Paris, Émile move mundos e fundos para ter notícias do amigo. Percorre os clubes de natação na esperança de colher informações. Mas não descobre nada. Ocorre-lhe então contatar ex-colegas do liceu Janson-de-Sailly. Escolha certa. Um deles o aconselha a se aproximar de Raoul Gattegno, animador da rede Sport Libre, fundada pelos comunistas da Federação Esportiva e Ginástica do Trabalho. A Sport Libre denuncia em seus panfletos as medidas contra os judeus e a arianização forçada do esporte francês. Ele próprio judeu originário da Tessalônica, Raoul é dono das tipografias clandestinas da Juventudes Comunistas. Excelente jogador de basquete, ele burla as fiscalizações cada vez mais rigorosas da Gestapo graças a um passaporte generosamente concedido pelo consulado espanhol. Seu colega Auguste Delaune, com quem ele cria a Sport Libre, não tem a mesma sorte. Preso no dia 27 de julho de 1943 pela polícia francesa, ele morre dois meses depois em consequência das torturas que sofre.

    Apesar da extrema tensão em que vive, Raoul demonstra serenidade, sua melhor proteção. Ele marca um encontro com Émile num banco da plataforma da estação de Ivry-sur-Seine, como dois passageiros comuns à espera do próximo trem. Ele tem informações para lhe dar.

– Tome, é para você – sorri Raoul, passando-lhe uma magnífica edição das *Máximas* de La Rochefoucauld.

– Não precisava...

– Acho que você vai gostar.

Émile abre o livro e se depara, incrédulo, com a revista *Les Cahiers du Bolchevisme*.

– Pequeno passe de mágica, bastante útil nesses tempos complicados – suspira Raoul.

– Qual sua maior dificuldade, hoje? – Émile pergunta.

– Papel. Cada vez mais difícil de conseguir.

– Para nós, falta trigo, o moinho da família está quase parado.

Raoul olha para os viajantes reunidos na plataforma. Depois, sem transição, com a voz baixa, pergunta:

– Então você é amigo do campeão das piscinas?

– Ele é como um irmão para mim. Só sei que foi preso.

– O que tenho a dizer não é tranquilizador. Preparamos um panfleto que vai amanhã para o mimeógrafo.

Raoul tira um papel do casaco e o coloca na mão de Émile. O que ele lê lhe gela o sangue.

NAKACHE E YOUNG PEREZ ESTÃO NA SILÉSIA!!!
Dando sequência a seu plano de aniquilamento da raça francesa, os alemães se voltam contra os melhores campeões da França.

NAKACHE, o melhor nadador da Europa, foi preso recentemente pelas autoridades de ocupação. Com a mulher e a filha pequena. Os três foram deportados para

destinos diferentes. Nakache foi enviado para a Silésia, às minas de sal, de onde ninguém volta, e lá encontrou YOUNG PEREZ, o pequeno boxeador tunisiano que fez as cores da França brilharem de maneira especial, pois detém um título de campeão do mundo. Agora Young Perez está tuberculoso e, por causa dos execrados alemães, aquele que um dia foi um atleta invejado, admirado, respeitado pelas massas, não passa de um farrapo humano com os dias contados.
<u>*Se os atletas da França não reagirem, NAKACHE terá o mesmo destino.*</u>
Para salvar os prisioneiros, para tirá-los das masmorras hitleristas, a ação é decisiva. Não fazer o esforço necessário para arrancar os campeões franceses das mãos dos alemães seria imperdoável.

De pé, atletas da França!!! Ajam contra os sabotadores do esporte e da juventude francesa. Em todos os terrenos e sem nunca desistir, repitam o bordão: NAKACHE, YOUNG PEREZ, MATTLER.

Que os alemães e seus criados, os milicianos SS/ Cartonnet, Gibel [...] sintam a cólera vingadora dos atletas franceses [...].

Pichem os estádios e as piscinas.

Vaiem os que venderam seus esportes aos inimigos da Pátria.

Expliquem a seu redor, a seus colegas, como os governantes atuais estão destruindo o esporte para satisfazer a seus mestres.

Apoiem a SPORT LIBRE, que luta contra toda essa gentalha e que prepara o terreno, para criar um esporte realmente livre depois da guerra, a fim de dar a nosso país uma juventude forte e feliz.

– Sport Libre –
(Membro das Forças Unidas da Juventude Patriótica)

Alfred na Silésia, no fundo das minas de sal. Com Perez e Mattler, ex-capitão da seleção francesa de futebol. O rosto de Émile é tomado por um tremor difícil de reprimir. Ele tem um flash de Mattler. Em dezembro de 1938, em Nápoles, "o desobstrutor" causara sensação depois da partida Itália x França. Ele subira na mesa de uma hospedaria lotada de torcedores e, apesar da derrota, mais empertigado que um mastro, cantara a *Marselhesa*. O ato de bravura fora saudado por quase todos os jornais. No panfleto, Jacques Cartonnet, rival de Nakache, era citado nominalmente. Émile sempre desconfiara dele. Quando ele aponta para o nome de Cartonnet no papel, com olhos interrogadores, Raoul responde levantando as sobrancelhas, pressagiando dias difíceis para o nadador miliciano.

– E Paule e Annie? Onde elas estão? – pergunta Émile.
– Não sei de nada. Se descobrir algo, aviso você.

Raoul se levanta subitamente. Sem um olhar de despedida, ele sobe no trem que acaba de parar na estação.

Julho de 1944. Braços em cruz

Socorrer os prisioneiros mais fracos ajuda Alfred a suportar o próprio sofrimento. A esquecer que não tem notícias dos seus. A apagar de sua consciência o que se torna uma certeza: o campo de Auschwitz é uma fábrica da morte. Uma máquina de extermínio, cujas engrenagens mortíferas são as câmaras de gás e os fornos crematórios, que já não são segredo para ninguém.

Como o povo alemão gerou tanta monstruosidade? Como a França, que o atirou num trem com Paule e Annie, os entregou àqueles bárbaros? Ainda ontem, junto com o professor Waitz, durante uma visita a um soldado da SS doente dos pulmões, eles passaram por um monte, com a forma de um vulcão, que jamais deveriam ter visto: uma pilha compacta de cadáveres, de onde despontavam, aqui e ali, braços e pernas retesados. Como hastes de ferro retorcido saindo para fora de um bloco de concreto. Quanto mais os meses passam, mais aquele cheiro de morte impregna as roupas.

Mergulhar nos reservatórios de água, no outro extremo do campo, se torna uma necessidade. Purificação física, mental, vital. No último sábado, ao anoitecer, Noah e Alfred de novo fizeram uma competição. Noah em nado livre, Artem em nado peito. A estrela das piscinas amarrou as pernas com um elástico para dar vantagem ao amigo. Naquela água pesada e suja, Alfred ganhou por uma mísera cabeça. Embora mais magro, com os músculos flácidos, ele ainda sabe deslizar na água. Já é alguma coisa. O Golfinho ainda não afundou totalmente nas águas do horror.

Depois da corrida, de costas, com os braços em cruz, os dois nadadores descansam no meio do tanque. Como duas tábuas flutuantes à deriva. Charles, o último sentinela, parado atrás do tanque, faz um sinal. Eles têm todo tempo do mundo. Nenhum som de botas no campo adormecido. Alfred tem absoluta confiança em Charles. Sempre que pode, ele surrupia da enfermaria folhas de papel para que esse apaixonado por Art Déco desenhe suas plantas de imóveis. O garoto tem duas obsessões: os terraços-jardins e as *bow-windows*.

Relaxado, com o corpo submerso, Alfred fala da Argélia para Noah. *Por que a infância sempre me volta à mente?*, ele pensa. Ele conta da Copa de Natal de Philippeville, na baía de Skikda, que o transformara em esperança da natação, descreve a beleza de tirar o fôlego daquela praia na qual desponta, dentro da água clara, uma série de rochedos. E, bem no meio, sobre uma ilha montanhosa, um imenso farol branco. Em suas noites agitadas, ele sonha muito com aquele farol majestoso, vigia de um mundo agora submerso. As lembranças são suas últimas amarras.

– Já contei de minha avó Sarah?
– Nunca.

– Abnegada. A generosidade em pessoa. Ela passa o dia na cozinha familiar de Kar Chara, fazendo pequenos pratos. À noite, pega no sono, exausta, em sua cadeira baixa. Sua pequena cozinha cheira a pão quente, menta, coentro. Ela é campeã do mundo em sorvete de limão, o nosso *créponné*. Em Constantina, é uma instituição. Todos os jovens, no verão, se encontram na Rue Caraman e na Place de la Brèche para comer um *créponné*. Minha avó sabe fazer. Quer saber a receita?

– Já estou com água na boca.

– Primeiro, ela prepara o xarope de açúcar com suco de limão, que coloca no pote da velha sorveteira de madeira. Depois, enche o recipiente com gelo picado e amassado. Ela acrescenta sal grosso e gira, gira, gira até ficar com cãibra no braço, até que esse líquido cítrico adquira uma consistência espumosa. Um sonho.

– Você ama essa avó...

Alfred responde com um sorriso cheio de melancolia que faz seu rosto se retorcer. Seus olhos se encontram com o do jovem: "Eu sempre ficava vendo minha avó descascar e picar legumes e limões, em fatias ou cubos, numa velocidade prodigiosa. Com gestos de prestidigitador. Sua vista era fraca, seu corpo quase impotente, mas as mãos tinham uma agilidade surpreendente".[*]

Enquanto Léon, Gérard e Charles continuam de vigia, Noah aponta para o céu estrelado. A estrela d'alva, a nebulosa de Orion, o grupo das Plêiades, ele conhece todas. Naquele colar de brilhantes dourados, Alfred pensa distinguir os

---

[*] Segundo as lembranças de Claude S. sobre sua própria avó.

olhos de Paule. "Uma piscadela do Grande Criador", ri Noah, dando uma cambalhota para trás. Assobios. Um primeiro. Um segundo. As mensagens de alerta imitam o canto do chapim. Os sons de botas se aproximam. Eles precisam sair da água o mais rápido possível. Vestir o pijama sobre o corpo molhado. Subir até os barracões seguindo o itinerário traçado pelos sentinelas. Enfrentar o medo. Continuar homens. Por sete domingos seguidos, no verão, Alfred e Noah desafiam os nazistas em busca de alguns momentos de eternidade. Até a chegada do frio de novembro e do retorno do inverno.

Outubro de 1944. *L'Écho d'Alger,* Matutino republicano

O CAMPEÃO NAKACHE MORRE VÍTIMA DOS ALEMÃES NA SILÉSIA

*

Argel. – *O Le Patriote de Lyon noticiou, sob a assinatura do sr. Henri Berne, informações sobre a morte, num campo de concentração, do campeão francês de natação, recordista mundial, Nakache: "Já não veremos nas piscinas a grande figura da natação francesa. Já não veremos nosso campeão. Seu vigor físico só se igualava a sua própria moral: 'Artem' morreu vítima dos alemães porque era israelita".*

Sabe-se que durante as competições francesas em Toulouse, o C.G.* o obrigou a não participar. Espontaneamente, seus colegas de esporte, diante dessa injustiça, se recusaram a fazer parte da competição, enfurecendo seus inimigos, que não hesitaram em fazer com que fosse preso pelos nazistas. Nakache foi levado a Drancy, a antecâmara da morte, com mulher e filha.

---

* O Comissário-Geral dos Esportes.

Depois foi transferido para uma mina de sal na Silésia. É de lá que vem a triste notícia.

O único recordista mundial que temos foi assassinado pelos alemães. Nakache nasceu em Constantina, em 18 de novembro de 1915. Morreu na força da idade, aos 29 anos, ainda capaz de realizar inúmeros feitos.

Natal de 1944. Auschwitz

Léon, o eletricista, já não tem coragem de empostar a voz. Adeus cantoria. Fim da alegria. Fim das andorinhas. Apenas corvos enormes que rodopiam à luz ofuscante dos holofotes do campo. Desde que voltara, aquela cena evoca para ele o apocalipse. Léon deixa de cantar. Ele compartilha uma experiência impensável com Alfred, Gérard, Victor Perez e Kid Marcel, outro boxeador, um pouco bronco, atrofiado por Auschwitz. Ele conta que no dia anterior, véspera de Natal, no meio da noite, ele e seus colegas do comando de eletricistas foram acordados por um destacamento da SS.*
 – "*Alles schnell raus!* Saiam!", nos disse o oficial – começa Léon, numa voz estrangulada. – A poucos metros do bloco, um caminhão nos esperava. Junto com o sr. Morzan – *por que todo mundo o chama de senhor? O sujeito inspira respeito, assim é* –, pensamos que, se fosse para acabar em Birkenau e dentro de um crematório, melhor seria pegar um soldado da SS na descida do caminhão, qualquer um, e torcer seu pescoço. Morreríamos, mas ele também.

---

* Segundo o testemunho de Léon Lehrer.

– Isso mesmo! – exclama Kid Marcel.

– Ao longo do trajeto, espiando através da lona, não entendíamos para onde estávamos indo. Não havia cheiro de gás, era bom sinal. O caminhão parou. Os *kapos* nos disseram para sair. Estávamos num campo coberto de neve. Deviam ser três horas da manhã. Um frio dos diabos. À nossa frente, um pouco mais adiante, havia uma via férrea, e sobre os trilhos, um vagão. Nenhum trem, apenas um vagão, um único. Os soldados da SS explicaram aos *kapos* que devíamos ir até o vagão, abri-lo, e colocar no caminhão tudo o que encontrássemos. Já não lembro quem abriu a porta. Dentro havia... bebês. Apenas bebês. Criancinhas bem pequenas que pareciam mortas, vestidas ou nuas. O cheiro era terrível.

– Pare, Léon – pede Perez.

– Não, continue – pede Alfred, que acha que Léon deve falar.

– Então tivemos que retirar os bebês e transportá-los até o caminhão. Os soldados da SS nos explicaram que devíamos acomodá-los bem, porque o volume dos dois veículos não era compatível. Havia muito mais espaço no vagão do que no caminhão. Subíamos, pegávamos um bebê, saíamos, íamos até o caminhão, que estava a dez metros dali e acomodávamos o bebê morto. Fizemos isso cinco vezes, dez vezes, vinte vezes. No caminhão, a pilha começou a subir. Não parávamos de ir e vir. Em certo momento, Morzan estava numa fila, eu na outra, nos cruzamos. E quando nos cruzamos, Morzan estava de pé, paralisado, com um bebê no colo. Eu perguntei: "Espere, sr. Morzan, o que aconteceu?". Ele me respondeu: "Léon, o bebê não está morto".

Então saí da fila e lhe disse: "Venha, vamos mostrar para o guarda. Juntos, teremos mais coragem". Nos aproximamos de um guarda e Morzan, que arranha um pouco de alemão, explicou que o bebê não estava morto, que se mexia. O guarda nos encarou, como se fôssemos dois idiotas. Disse que tinha uma solução. Ele pegou o pobre bebê dos braços de Morzan, pelos pés. Fez isso e... vlam, bateu-o com força no caminhão. O bebê caiu no chão.

– Chega, Léon – suspira Alfred, segurando-o pelo ombro.

Mas o eletricista quer terminar.

– O guarda pegou um revólver, mirou na criança e atirou. Ele olhou para nós e, com um grande sorriso, disse: "*Kinder kaputt*". A tradução é muito simples: a criança está morta. Morzan juntou o pobre bebê e o colocamos no caminhão. Quando o vagão ficou vazio, o caminhão partiu e os vinte guardas da SS nos levaram de volta para o bloco.

Léon respira fundo.

– Estava amanhecendo. Essa foi minha noite de Natal.

Evacuação

Enquanto isso, para além das torres de vigilância, o que acontece no mundo? Notícias esparsas chegam até eles, fragmentos ouvidos de uma conversa entre oficiais. O estrasburguês Robert Waitz, como Noah, fala fluentemente alemão. Ele ouve que as tropas soviéticas avançam rapidamente, que o Terceiro Reich, tão seguro de sua supremacia, tem rachaduras por todos os lados e é atacado na outra frente pelo desembarque americano. O cerco se fecha e rumores dizem que o próprio Hitler está encurralado.

– Precisamos aguentar firme, Alfred – murmura Robert, com o afeto de um pai.

No início de 1945, de fato, o estado-maior do campo parece tomado pelo pânico. Caminhões militares cheios de malas passam por prisioneiros esgazeados, abandonados a si mesmos. As tropas de Stálin estão a poucos quilômetros e nenhum reforço importante é esperado por parte da Alemanha. No dia 18 de janeiro de 1945, a evacuação é ordenada. Os soldados correm para todos os lados. O que vão fazer com os prisioneiros? Em vez de deixá-los e fugir correndo para a Alemanha, eles reúnem os mais aptos e formam colunas aos berros enraivecidos, abandonando ou assassinando os velhos e os doentes com rajadas de metralhadoras.

É o início da marcha da morte.

Pequeno soldado

Em meio a um frio glacial de dez graus negativos, cachorros latindo, guardas da SS espancando os retardatários, às vezes o ruído seco de um tiro ecoando na planície, milhares de prisioneiros avançam ao longo de um bosque, numa formação de vinte fileiras de cinco prisioneiros, morrendo de fome e sede, sem saber para onde estão indo. O inferno não ficou para trás, ele saiu dos barracões de Auschwitz para acompanhá-los até um novo abismo. Ele não os solta, chupando o sangue de seus corpos mortificados.

Alfred caminha ao lado de Noah, seu companheiro de piscina. Eles se tornaram amigos? Ele já não sabe direito o que isso significa, a amizade. *Um parceiro, sim, um companheiro seguro e fiel.* Victor Perez, o boxeador, também está com eles. Victor ainda tem energia, embora carregue as marcas do encarceramento. Ele está descarnado, perdeu quase todos os dentes. Continuara tendo que colocar as luvas para distrair os oficiais nazistas. Lutas tragicômicas. Confrontos de mentirinha. Passaportes terríveis para o direito de viver.

Como Alfred e Noah, Perez ajuda os mais fracos a se levantar. Em arroubos surreais de energia, ele conta histórias engraçadas. O riso como muleta. Finge conivência com os soldados que os cercam. Soldados às vezes muito jovens, de quinze anos, talvez dezesseis, cujo pavor transparece em seus rostos infantis. Faltam mantimentos, até para eles. É uma fuga, uma debandada, uma marcha sem objetivo. *Sem fronteira entre o dia e a noite.* Quando os guardas da SS não aguentam mais, eles param a coluna. E reagrupam os prisioneiros, que se colam uns aos outros para tentar se aquecer e dormir um pouco. Alfred se acostumou a se apoiar nas costas de Victor, em posição fetal.

– Quanto tempo aguentaremos, Victor?

Ele respira fundo, não responde imediatamente.

– Num ringue, Artem, a luta nunca acaba, você sabe muito bem – ele sussurra. – Um round pode mudar tudo. É como numa piscina. Uma contratura, um pouco de água engolida e o adversário fica para trás. Nada está escrito.

– Você me lembra de Alban, meu treinador em Toulouse, sempre otimista antes de uma competição.

– Monte Cristo, meu velho, lembre-se de Monte Cristo.

– Não sei nem o que aconteceu com Paule e Annie. Noite passada sonhei que elas tinham voltado a Constantina.

– Você vai encontrá-las, Artem. Tente dormir.

Naquela noite, Alfred deve ter fechado os olhos por uma breve hora. Victor conseguiu dormir por mais tempo. O Golfinho admira sua força mental, espiritual. Nas entranhas de seu corpo magro ainda bate um coração de lutador. Os dias passam e a paisagem continua a mesma. Árvores mortas rangendo ao vento, caminhos congelados, planícies de neve escurecidas por um céu baixo e cinzento. E a fome à espreita. Homens caem e não se levantam. Na maior parte do tempo, eles são liquidados com um tiro na cabeça.

Mas também há um garoto da SS, último recruta de um império em falência, que Alfred vê se aproximar discretamente de um vulto no chão. O pobre homem está com a mão esticada para o céu. O soldado coloca um pedaço de pão em sua mão. Ele fecha um a um os dedos gelados do homem para evitar que a comida acabe na neve. Ele também lhe diz algumas palavras, que Alfred não ouve, depois corre até sua patrulha. Seus chefes não veem nada. O homem no chão leva o pão à boca, tremendo. Alfred e Noah o ajudam a se levantar. A retomar as passadas mecânicas de seu corpo inconsciente. *Quem é essa criança de uniforme? A roupa de SS não lhe cai bem.* Ele se vira e verifica que o homem continua em pé. Que ele avança. O pequeno soldado sorri, balançando a cabeça. No caos daquela marcha dantesca, seu gesto é uma luz na escuridão.

Assim não, Victor...

Eles agora precisam engolir neve com suas gargantas de pedra. Neve para aplacar a sede que os devora. As conchas de água pararam de circular. Não há nenhuma gota para colocar na boca. A planície se estende entre gemidos insuportáveis. Como o rangido agudo de um violino quebrado. Ou de uma serra cortando-os um por um. Quando a coluna se interrompe para que os soldados se reabasteçam, Young faz um sinal para Alfred. Ele avistara por trás de um grande talude, ao fim de uma clareira, a fumaça de uma chaminé.

– O que quer fazer?
– Buscar comida, Alfred.
– Ficou louco?
– E o que acha que Dantès fez? Os alemães estão longe o suficiente, é nossa última chance.

Alfred não tem tempo de convencê-lo a não fazer uma loucura daquelas. O boxeador se afasta da coluna, sobe a pequena colina, desaparece entre as árvores. Alfred tenta localizá-lo, mas não enxerga mais nada. Apenas uma cortina de arbustos despojados e a sombra de uma casa. Os minutos se passam, intermináveis. Alfred tem medo de que um soldado volte na direção deles e constate a ausência de Victor, que é uma figura conhecida. Uma estrela que chama a atenção. Até que Victor reaparece, carregando dois sacos de mantimentos. Feliz, ele grita: "Tem para todo mundo!". Na mesma hora, um soldado da SS sai do bosque, fechando a braguilha depois de mijar. Ele se vira para Victor. O boxeador solta os sacos e, sem tirar os olhos dos colegas, cai sob uma rajada de metralhadora.

O guarda grita para que todos voltem a formar fileiras de cinco, distribui bastonadas para acelerar o processo. Alfred se perde naquela confusão de homens aterrorizados. Ele já não enxerga Victor. E sente vontade de morrer. O céu carregado de nuvens tem a cor do fim do mundo.

*

Depois de setenta quilômetros de marcha, à frente do campo de Gleiwitz, os guardas dividem a coluna em dois. Com que objetivo? Os oficiais se recusam a dar explicações. Mas os rumores percorrem as fileiras daquela tropa de mortos-vivos. Alguns irão para o campo de Dora e outros, como Alfred, para a Alemanha. O destino, decididamente, não lhe é favorável. Alfred e Noah se despedem no meio daquela terra de ninguém. Alfred o abraça com força.

– Você me encantou, garoto, faça algo bom de sua vida.

– Pode deixar – ele sorri. – Nunca vou me esquecer do nadador de Auschwitz.

*

Eles são empurrados a bastonadas para dentro de um trem de vagões metálicos e sem teto, a céu aberto. Sem comida também. Três dias amontoados como animais. Como há meses, saindo de Drancy. Só que, dessa vez, Alfred está sozinho. Sem Paule nem Annie, de quem não tem nenhuma notícia. Annie, que está um ano mais velha. Que deve estar falando, dançando, cantando, alegre como a mãe. No trajeto, a cada parada, os moradores dos vilarejos atiram para eles pedaços de pão, para assistir, morrendo de rir, às brigas desesperadas que aquela generosidade provoca.

Alfred luta contra a fome e a sede, mas também, como todos os seus companheiros de infortúnio, contra o frio glacial que se infiltra por todos os lados. O barulho do vagão sobre os trilhos é insuportável. Eles são como bonecas desarticuladas balançando de um lado para outro, para frente e para trás. Uma enxaqueca terrível faz sua cabeça explodir. A seu lado, um homem de certa idade segura sua mão. Lágrimas escorrem por seu rosto. Ele também não sabe para onde está indo. Também não tem nenhuma notícia dos seus. Os mortos são atirados pela abertura do teto para criar espaço. Como em Auschwitz, o trem faz uma parada violenta. As engrenagens rangem e depois suspiram. Silêncio. *Neve, fumaça, vertigem...* Então aquele é o fim do caminho. Aquela imensa fortaleza que se ergue no alto da colina de Ettersberg e é fustigada pelo vento norte. Buchenwald, na Alemanha.

Nova prisão.

Nova matrícula: 122.441.

Como em Auschwitz, todos recebem ordens de tirar as roupas. Com os corpos enregelados, esfomeados, cobertos de piolhos. Alguns têm tifo. Na frente deles, um grande tanque cheio de água escura.

– Desçam e atravessem com a cabeça enfiada na água! – gritam os guardas.

Alfred reconhece Léon. O garoto tem medo. Treme da cabeça aos pés. Os guardas aceleram a caminhada a cacetadas. Alfred o ajuda a descer a escada de ferro. Segura sua mão enquanto eles mergulham lentamente naquela água pastosa que os cobre até a cabeça quando eles tocam o fundo.

– Respire fundo – cochicha-lhe Alfred –, e avance em apneia a passos regulares. São apenas dez metros, no máximo. Estou logo atrás de você.

Léon assente, com o olhar imóvel de quem entrega a vida a um amigo. Em torno deles, homens se debatem e se afogam em silêncio. Alfred e Léon avançam lentamente e chegam à outra margem. Alfred reúne suas forças para dar um empurrão em Léon escada acima. No alto, prisioneiros armados com mangueiras esperam por eles. Eles são atingidos por um jato de violência inesperada, que os livra da gosma que cobre seus corpos cansados. *Desinfetante, eles nos mergulharam em creolina, desinfetante de banheiro*, pensa Alfred, que teme as consequências para os que engoliram o líquido.

Naquele campo sinistro e superpovoado – cada dia, centenas de evacuados chegam de toda parte, se somando aos prisioneiros iniciais –, os oficiais nazistas começam a seleção. Um *kapo* se aproxima de Léon:

– 172.749, é você? Você é mesmo *elektriker*? Então é quem estou procurando.

Alfred fica de ouvidos em pé:

– O que ele disse?
– Que a cem quilômetros daqui, numa cidade chamada Sonneberg, há uma importante fábrica de engrenagens. Eles precisam de eletricistas, engenheiros. O setor de mão de obra de deportados levou ao conhecimento deles meu grupo de especialistas em Monowitz.
– É sua chance, Léon. Voltaremos a nos ver...

O *kapo* interrompe brutalmente a despedida. Alfred, por sua vez, é conduzido ao "pequeno campo", a enfermaria do bloco dos inválidos. Ele é reconhecido pelo oficial superior encarregado da seleção. Como em Buna-Monowitz, o responsável da SS parece feliz de tê-lo em suas fileiras.

Em Buchenwald, "pequeno campo" é um nome enganoso. Trata-se de um enorme morredouro. Veem-se homens de pé que desabam de repente. Na entrada do barracão, mergulhado na bruma, uma silhueta alta intriga Alfred. O homem usa uma boina preta e grandes óculos retangulares que ocultam seu rosto oblongo. Ele manca. Alfred tem certeza de que o conhece. Ele se aproxima e logo o identifica: Roger Foucher-Créteau, jornalista tolosano, membro da Resistência e irmão de André, um dos nadadores da equipe dos Golfinhos. Roger, ele se lembra, criara um jornal clandestino, *Les Légions Françaises Anti-Axe*. No bistrô, quando eles se cruzavam, Roger estava sempre denunciando os perigos do nazismo.

– Pensei muito em você – suspira Alfred, abraçando-o.
– Eu tinha inclusive a intuição de que um dia o encontraria. Consegue acreditar?
– Faz mais de um ano que estou aqui – responde Roger, com uma voz sólida. – Me conte de Auschwitz.

– Uma solidão indescritível. Entre francófonos, nos ajudamos como pudemos. Não tenho notícias de minha mulher e de minha filha.

Roger se mantém em silêncio por um momento.

– Ninguém podia imaginar uma coisa dessas, Alfred, ninguém.

– Nem mesmo você, apesar de todas as suas advertências...

Nenhum de nós, pensa Alfred, podia imaginar essa espada de Dâmocles acima de nossas cabeças. Uma espada nas mãos de Jacques Cartonnet, homem abjeto que se dizia nosso amigo.

Com um gesto, Roger indica para Alfred segui-lo. Até a parte de trás do prédio. Ele verifica se nenhum guarda está de vigia, depois tira da roupa um grande caderno.

– É um caderno de recordações em que registro meus pensamentos e meus desenhos, e os de meus colegas. Se um dia quiser escrever, não hesite.

Ele lhe estende o livro proibido. Se o pegarem com aquilo, ele sabe que ele e todos os que escreveram serão metralhados. Alfred o folheia rapidamente.

– Não tenha pressa – ele diz –, leia alguns trechos.

Alfred se depara com uma página em que Roger menciona "o mercado de escravos" que se organiza todas as manhãs "na semiescuridão de uma aurora imprecisa".

– Depois explico. Continue.

No alto, à esquerda, Marcel Michelin, da família de industriais franceses, escreve: "Tenho 58 anos, sei o que significa 'superar os obstáculos'. Este aqui é grande, mas vamos vencê-lo mesmo assim". Alfred sorri. Determinado, esse Marcel.

Na página seguinte, Armand Pesquier, funcionário da prefeitura de Toulouse, se contenta com duas linhas. Seu nome lhe diz alguma coisa. Ele era membro da rede de resistência Françoise.* Mas tinha pensamentos sombrios: "Tudo que posso escrever é desprovido de sentido, pois meu encarceramento em Buchenwald me tornou amorfo. Sinto muito".

Todos falam da "selva" do campo. Um espaço ao mesmo tempo brutalmente regulado e anárquico, onde a vida resiste por um fio. Alfred dá uma última passada pelo caderno. Um certo dr. Froger, médico do Indre-et-Loire, faz uma estranha recomendação: "Em Buchenwald, mais que em qualquer outro lugar, os Vedas podem ser aplicados".

– O que são os Vedas, Roger?

– Escritos filosóficos budistas. Tudo é útil nessa bagunça.

Desequilibrado sobre sua perna machucada, Roger pega o caderno de volta. Ele passa as páginas, em busca de uma última palavra.

– Veja, um poema assinado por um prisioneiro alemão, Anton Zeimer, dirigido a mim. Coloquei a tradução na margem, acho que é bastante fiel.

Alfred lê o texto lentamente, com a cabeça virada para o muro.

Tenho sol no coração, tenho confiança e coragem
Tenho sol no coração e tudo dará certo

---

* Françoise é o pseudônimo de Marie-Louise Dissard. À frente de uma rede de mais de duzentos resistentes, essa tolosana combativa socorreu, escondeu e repatriou, por toda Espanha, mais de setecentos aviadores ingleses e americanos caídos em solo francês.

E se um dia, em sua casa, meu nome
For evocado, pense consigo mesmo que
Você me conheceu.

Sol no coração. A imagem é suave como a água cristalina. O Golfinho de Toulouse, o filho de Constantina, tem a impressão de que o prisioneiro alemão está falando dele, de seu pequeno paraíso de Sidi M'Cid, da vida que ele ama. Quem é ele? Alfred não esquecerá aquelas palavras. Inclusive as repetirá todos os dias, para espantar os pensamentos sombrios e se dar coragem. *A esperança*, ele diz, *será a última a morrer*.

Um mês depois, no dia 26 de janeiro, ele pede a Roger o caderno de recordações. Ele preparara um rascunho. É a primeira vez que ele segura uma caneta em quinze meses. Naquela noite, porém, enquanto os alto-falantes, por trás de uma espessa cortina de neve, difundem as canções de Zarah Leander, a musa sueca dos nazistas, não é o sol, mas um trovão que ele tem no coração. Em poucas linhas, Alfred conta seu reencontro com Foucher-Créteau. Depois, começa:

Chegará o dia... Os sofrimentos, as torturas, as cinzas dos crematórios clamam por justiça, e uma vingança inexorável se abaterá sobre esses bárbaros. Ainda nos restam alguns duros momentos pela frente, mas estaremos cheios de determinação para seguir o novo caminho que a nova humanidade terá traçado para si mesma.

Ao pé da página, ele acrescenta em francês e em iídiche, embora não seja especialmente religioso: *Tudo estava escrito e nós sairemos dessa pela vontade de Deus.*

11 de abril de 1945

Os salvadores chegam. Os americanos. Os soldados americanos. Os primos. Os rapazes do 7º Exército. Eles têm um porte altivo. Verdadeiros caubóis, de cigarro na boca, capacetes enviesados, óculos escuros no nariz. A maioria masca chiclete. Wrigley's, o melhor. O que eles veem ao entrar no campo, porém, revira seus estômagos. Eles baixam os olhos, colocam um lenço no rosto. Pilhas de cadáveres descarnados, montanhas de roupas e calçados. E criaturas fantasmagóricas vagando às cegas. Homens e mulheres desnorteados, presos na própria loucura. Os americanos decerto foram avisados, mas mesmo assim. Rapidamente, encaram a situação. Como libertadores, seguros de sua missão.

    É a descontração daqueles homens, mais do que sua eficácia, que deixa Alfred atônito. Enfermeiras do exército lhe oferecem seus lindos braços para ajudá-lo a chegar ao hospital de campanha. Ele recusa, educadamente. Está forte o suficiente para caminhar sozinho. Ele diz seu nome: Alfred Nakache, nascido em 18 de novembro de 1915, em Constantina. Francês de origem argelina, judeu, nadador de alto desempenho, professor de educação física e esportiva. Uma mulher, Paule, uma filha, Annie. Presos em Toulouse em 20 de dezembro de 1943. Deportados para Auschwitz no dia 23 de janeiro de 1944.

Sob a tenda, o médico-coronel Colins mede seu peso. Quarenta quilos, metade de seu peso original. Colins o ausculta, o apalpa, o observa. Os pulmões estão um pouco cansados e as infecções cutâneas persistem, aqui e ali, por causa da desnutrição. Os pés também precisam de um pouco de descanso. Mas nada grave.

– Você vai pegar um avião. Voltar para a França. Apagar tudo isso – ele diz, num francês perfeito.

– O senhor conhece a França?

– Ah, sim, meu amigo! Depois da libertação de Paris, em agosto do ano passado, fiquei um bom tempo por lá. E aprendi rápido.

Ele aperta os olhos. Antes que Alfred desapareça atrás da lona, ele o interpela:

– Ei! Nakache! Não esqueça de voltar às piscinas. Os ianques estarão a postos, esperando.

Alfred dá de ombros: por que não? *Sujeito legal, esse americano...*

Reatar com o mundo

28 de abril de 1945. No quarto do hospital Pitié-Salpêtrière, deitado numa cama de lençóis limpos, Alfred ouve crianças brincando na rua. Pela primeira vez em meses, dormira um sono profundo. Quando abre os olhos, os ecos de seu sonho ainda o acompanham, nebulosos, estranhos. Ele está jogando polo aquático com os irmãos na piscina de Sidi M'Cid. Com eles estão Young Perez, Noah, e talvez Félix, que disputam a bola sob um sol escaldante.

Acima de todos, empoleirada numa plataforma de mergulho que não existe, uma espécie de torre Eiffel de um branco imaculado, Paule se prepara para um novo salto. Ela talvez esteja trinta metros acima deles, de costas para a piscina, e usa um maiô azul decotado que brilha como mil estrelas. Suas pernas são compridas e douradas. Eles interrompem a partida para encorajá-la. Ela se impulsiona, com os braços esticados para trás, gira sobre si mesma, mas em vez de cair direto na água, suas rotações se aceleram e se transformam num turbilhão furioso que a apaga numa nuvem branca.

Enquanto todos a procuram entre as nuvens, ela começa a brincar de esconde-esconde. E mostra o rosto de tempos em tempos – "Estou aqui, rapazes!" –, depois desaparece de novo. A enfermeira entra no quarto, interrompendo seu devaneio.

– Alguém está aqui para vê-lo.
– Quem?
– Um jornalista, que disse ser um amigo.
– Pode deixá-lo entrar.

O velho Bernard! Fazia anos que ele o acompanhava nas competições, para a rádio francesa. Um auvernês da planície de La Limagne, esperto e bon vivant, cujo pai tinha um bistrô na Rue Delhomme, no bairro de Vaugirard: o Le Mont d'Or. Um de seus endereços preferidos. O melhor *aligot* de Paris.

– Você, pelo menos, não emagreceu, Bernard.
– E você, meu Alfred, não perdeu o senso de humor.

O Golfinho pega sua mão. E a aperta com toda força.

– O que está fazendo aqui?
– Um motorista de ambulância o reconheceu e me passou a informação. Todos pensavam que você estava morto há muito tempo.

Bernard lhe entrega um artigo do *L'Écho d'Alger*, datado de outubro de 1944. É estranho ler a crônica de sua própria morte. Em sua bolsa, Bernard também traz o artigo publicado há um mês no *La République* de Toulouse: "Os que não esqueceremos" é o título da coluna. Ou seja, "nossos mortos". As atuações de Artem são elencadas, sua "probidade esportiva" e sua "seriedade" são louvadas. Bernard conta que o novo prefeito de Toulouse decidira dar seu nome à piscina municipal. Ele mandara colocar uma placa em sua homenagem numa parede da piscina térmica, e reunira os notáveis da região para a inauguração.

– Vou anunciar seu retorno, se você me permitir. Vamos ao menos acertar as coisas.

– Você não perde o norte, velho matreiro.

Para escrever seu furo, o jornalista lhe faz algumas perguntas simples, e uma o surpreende: "O senhor voltará às piscinas?". Não parece ser uma brincadeira de Bernard. Há inclusive muita ternura em seu olhar. Alfred pensa um pouco. Ele se pergunta se o amigo consegue entender de onde ele vem. Se alguém lhe disse que ele voltou sozinho. Sem Paule. Sem Annie. No dia seguinte, nos jornais, Nakache lê sua resposta com todas as letras:

"Estou saindo de minha tumba. Deixe-me recuperar o contato com o mundo vivo. Depois tentarei voltar a nadar."

*

É com seu amigo, e mais ninguém, que ele quer deixar Paris. Émile vem buscá-lo no hospital. Ele não mudara. Um duende saltitante, sempre de bom humor. O amigo fiel que nunca deixara de lhe escrever, para incentivá-lo. E colocá-lo em alerta. Ele parece feliz com aquele reencontro, no qual, ele logo lhe confessa, já não acreditava. Na porta de entrada, um grupo de fotógrafos se mantém a postos. Alguns admiradores também, à espera de um autógrafo. Alfred sorri, ofuscado pelos flashes. Ele assina o dorso de fotos amareladas que lhe parecem de outra época. Elas o mostram de calção de banho, à beira de uma piscina, sempre risonho. Alfred se para a falar com as pessoas que não o esqueceram. Algumas lhe perguntam como era, lá. As palavras lhe faltam. Ele gagueja um "difícil", "muito difícil", que não diz nada. Uma jovem mulher, aos prantos, lhe explica que toda sua família tinha sido presa e levada para o Velódromo de Inverno, em 1942, que ela escapara graças à zeladora de seu prédio, que a escondera em seu quarto no sexto andar, ela lhe diz que não tem notícias de ninguém, que seus nomes não aparecem em lugar nenhum, nem no hotel Lutetia, onde estão afixadas as listas de deportados, nem em qualquer outro lugar.

Alfred gostaria de lhe dizer que também não tem notícias de Paule e de Annie. Que François Verdier – ele ficara sabendo – fora assassinado pelos alemães. Que, apesar das torturas e martírios, Forain não revelara nenhum segredo à Gestapo. Testemunhas o viram num estado físico assustador durante a transferência da prisão Saint-Michel e a sede da polícia alemã. Em 27 de janeiro de 1944, a Gestapo o levara discretamente para a floresta de Bouconne, a oeste de Toulouse. Numa trilha isolada, seus algozes o executaram com um tiro no abdome. "Talvez para apagar todos os vestígios de sua barbárie", Alfred leu no *Le Patriote du Sud-Ouest*, "ou, ao contrário, para acentuar o grau de horror, os dois policiais da Gestapo explodiram a cabeça do chefe da Resistência colocando uma granada em sua boca."

Alfred gostaria de lhe dizer que também não tem nenhuma notícia de Aaron Stein, o conhecido do *Armée juive*, que treinava no ginásio. A última vez que ele fora visto tinha sido na primavera de 1944, no Médiéval, um café na parte de baixo das torres do castelo de Foix, em Ariège. Depois, mais nada. Também nenhuma notícia de Léon, o eletricista, ou de Gérard, o marselhês, dois amigos de Drancy e Auschwitz. Ele gostaria de contar àquela mulher todos os seus tormentos, para tentar aplacar os dela. Mas nada sai de sua boca. Ele lhe diz um estúpido "coragem", decepcionante, e a abraça ternamente.

– Vamos, meu velho, você vai perder o trem – diz Émile, para tirá-lo dali.

*

Várias vezes durante o trajeto, semiadormecido, o ronco monótono do trem o faz lembrar da cadência mortífera do comboio 66. Ele tenta não pensar, tenta expulsar aquelas imagens de pesadelo contemplando, colado à janela, as belezas cambiantes do interior francês, as verdes campinas de Poitou, os relevos do Limousin, os planaltos desérticos do vale do Lot. Deus, como esse país é bonito, apesar das cicatrizes da guerra.

A cada estação, a mesma desolação: prédios desmoronados, estradas destruídas, cidades mortificadas, sangradas, tentando se reerguer. *Como estará minha cidade rosa? Também terá sido bombardeada?* Em sua sonolência, ele a revisita, rua a rua, parando para beber algo no Bibent ou no Petit Chalet, às margens do Garonne, abrindo a pesada porta do ginásio, muito antes dos sons de botas e dos gritos, guardando suas coisas no vestiário da piscina que agora tem seu nome.

Suas pálpebras se fecham lentamente. Ele se deixa levar ao mundo dos sonhos. Está no bloco de partida, braços para baixo, cabeça entre os ombros. Às suas marcas, preparar... A suavidade da água sobre sua pele o deixa arrepiado.

A sensação de velocidade invade seu corpo. A vontade continua presente, intensa, vibrante, intacta. Enquanto isso, o trem desenha seu trajeto em alta velocidade. Com os olhos fechados, ele volta a entrar em contato com o mundo dos vivos. Com os olhos fechados, ele volta a nadar.

Caderninho

No primeiro dia de treino, Alban Minville tem a delicadeza de agir como se nada tivesse acontecido. Em pé ao lado da piscina, ele fuma um cigarro atrás do outro. E esboça, como o perfeccionista que é, o gesto perfeito. Peito. Borboleta. Na água, os músculos de Alfred estão fracos. Ele não empurra a água com muita força, para evitar distensões.

– Alongue-se, alongue-se – o treinador repete sem parar.

Alfred esvazia a mente e, pouco a pouco, seus sentidos retomam o controle. Eles o carregam, levando-o cada vez mais rápido até o outro lado da piscina. O golfinho Nakache não está morto.

– Melhor que ontem – conclui Minville todas as noites, como se dissesse isso pela primeira vez.

Seus colegas de equipe, Alex Jany e Georges Vallerey, também parecem concordar.

– A volta dos três mosqueteiros! – exclama Alex, cuja família se torna praticamente a sua.

– *Inshallah*! – exclama Georges, tonitruante.

Georges Vallerey é a mascote do clube. Todos o chamam de Yoyo. Uma força da natureza, um temperamento fogoso que crescera em Casablanca, no Marrocos. Caçula de uma família de nadadores que todos chamavam de "os Peixes", seu pai participara das provas de natação dos Jogos Olímpicos de 1924, em Paris. Quatro anos antes, em 8 de novembro de 1942, Georges demonstrara uma coragem impossível. Ele tinha apenas quinze anos.

Naquele dia, os americanos, esperados como libertadores, bombardeiam o porto de Casablanca, que abriga três navios franceses a serviço de Vichy, o *Primaugeut*, o *Milan* e o *Albatros*. Dezenas de marinheiros caem no mar. Alguns não sabem nadar, outros, puxados para baixo por suas armas, ou feridos, lutam para não se afogar. Junto com seu amigo Robert Guenet, de 29 anos, Georges não hesita. Ao pé de do bairro Les Roches Noires, ele tira as roupas e, em meio a uma chuva de bombas, balançado pelas ondas, vai até eles. Coberto de óleo, com a pele rasgada pelas ferragens que boiam na superfície, Yoyo coloca na água um pequeno bote de fundo chato que estava sobre os seixos, para buscar os naufragados. O jovem, ignorando o perigo – "como num jogo, em que empenha sua habilidade e velocidade, sem nenhuma queixa, sem nenhum sinal de cansaço"* –, rema com todas as suas forças, faz inúmeras idas e vindas, resgatando mais de cinquenta soldados em meio a um clima de fim do mundo. "Sua prodigiosa audácia me maravilha e me estimula", contará Robert, que, por sua vez, "cerra os dentes para não gritar."**

---

* Ver o testemunho de Robert Guenet em *Georges Vallerey, la vie et la mort d'um grand Champion*, de Andrée-Marie Legangneux (Casablanca, Éditions Maroprint, 1954).

** Seis meses depois, Georges Vallerey e Robert Guenet receberão a Cruz de Guerra por seu ato heroico.

Na equipe dos Golfinhos, Yoyo demonstra o mesmo empenho. Do salvamento, ele nunca fala. Para Nakache, que tem quase a mesma idade de Robert no dia do inferno de Casablanca, ele é como um irmão mais novo. Alegre, voluntarioso, sem limites. Sua alegria de viver arranca suspiros de Alfred, mas, como todo o afeto que o cerca, nunca parece realmente aliviar as dores que o invadem.

*

Assim como Alfred consegue, dentro d'água, esquecer a ausência de Paule e de Annie, da mesma forma, assim que ele sai da piscina, seus rostos o perseguem. Graças ao sr. Jany, ele recupera seu apartamento. Dos móveis que eles tinham comprado de segunda mão, não sobrou nenhum, apenas o casco de um relógio de pêndulo vazio. A Gestapo e a milícia tinham saqueado tudo. Bibelôs, medalhas e taças. Os Jany lhe emprestaram uma cama. Ele come pouco, com o máximo de equilíbrio possível. Principalmente para não cair no excesso. Cuida para não se empanturrar. Não sente nenhuma necessidade disso. Não tem nem forças para ir ao bistrô jogar cartas, nem vontade de voltar ao ginásio. Um ex-jogador de rúgbi, como seu predecessor, o administrava. E tudo parece funcionar bem. À noite, ele fica sozinho. Sentado à mesa diante da janela que dá para a rua. Às vezes, ele ouve um disco de Cheikh Raymond conseguido por um amigo. A letra da música ecoa dentro dele. *Com delicadeza, ele se aproxima da bem-amada. Sua alma está dilacerada.* Ele abre a caixa de correio, consulta os horários dos trens vindos de Paris. E copia-os minuciosamente num caderninho violeta.

Está fora de cogitação perder uma chegada. Ele prefere matar um treino a perder aquele reencontro. Com uma pequena rosa escondida no fundo do bolso, quase todos os dias ele vai a pé até a estação Matabiau para receber Paule e Annie. As pessoas olham para ele com ar constrangido. Ele costuma ficar um bom tempo na plataforma. Parado. Mudo. Com a rosa na mão. Até bem depois da saída dos viajantes. E, às vezes, do trem.

*

– Os jornais celebram seu retorno em altíssimo nível. *Le Miroir des sports* fala da fênix renascida...
– ...das cinzas. Eu sei, Émile, já ouvi isso mil vezes.

Seu amigo telefona todas as semanas, para fazer um resumo completo da imprensa, destacando os artigos elogiosos, comentando os menos positivos, para atenuá-los. Mas os cronômetros não mentem: ele recupera os músculos e um nado combativo. Émile é tão tagarela e entusiasmado que, muitas vezes, Alfred precisa desligar. Ele diz estar com visita ou ter uma reunião no clube.

Naquele dia da primavera de 1946, porém, alguém realmente bate à porta. No corredor, um soldado. Lívido. Ele lhe estende um telex do ministério das Forças Armadas.

"Lamentamos lhe confirmar que sua filha Annie morreu na câmara de gás dois dias depois de chegar a Auschwitz, em 25 de janeiro de 1944."

Sobre Paule, nenhuma palavra.

11 de maio

Minha Paule,
Noite passada acordei molhado de suor. Fiquei colado à janela, desnorteado, contemplando a primeira claridade do dia. As árvores do outro lado da rua, plátanos, algumas castanheiras e uma tília prateada, parecem voltar à vida. Você apreciaria essas árvores. Elas continuam, como se nada tivesse acontecido. Minha cabeça, por sua vez, é como um torniquete que me exaure, me enlouquece. Os pensamentos sombrios vêm à tona, me cercam, me afundam em águas escuras. Às vezes aperto tanto os punhos que eles poderiam quebrar um pedaço de madeira.
Sinto-me alheio a mim mesmo. Preciso tirar a cabeça para fora da água. Encontrar a mim mesmo, aplacar essa raiva que fervilha em mim. Não me separo da fotografia de Annie. Eles não viram seu sorriso. Eles não viram suas lágrimas quando arrancaram seu bichinho de pelúcia. E tu, Deus protetor, o que viste? Vamos, diga! Não tenhas medo!
Escrevo em meu caderninho violeta, pois não tenho nenhum endereço para enviar esta carta. A que enviei ao Boulevard Sépastopol voltou. Ontem, depois do treino,

caminhei pela cidade. Sem rumo. Passei na frente da livraria. Na vitrine, havia uma coletânea de poemas. Com um lindo título, Les Armes miraculeuses *[As armas milagrosas].* Entrei, folheei o livro. A primeira frase me fez estremecer: "Espero à margem do mundo os-viajantes-que-não-virão".*

De quem o escritor falava? Ele não nos conhece, não pode saber. Me diga que ele está falando de outra história. Não quero saber de suas palavras. De seu livro. Fui embora correndo. Amanhã volto à estação.

---

* Les Armes miraculeuses, de Aimé Césaire, 1946.

A última das últimas

Por que participar do campeonato mundial, em Marselha, no dia 8 de agosto de 1946, se seu coração não passa de um sol frio? Ele conhece o risco que corre: uma competição a mais, inútil, grotesca, capaz de arruinar sua lista de vitórias e ridicularizá-lo para sempre. Os melhores estão ali e não devem temer muita coisa. À imprensa, ele se limita a falar de seu estado de saúde: "Fisicamente, voltei à forma, mas o moral está baixo". Ele deveria ter dito "destruído". Seu irmão conta a quem quiser ouvir que seus olhos se tornaram tristes. É verdade. Ele já não consegue enxergar os próprios olhos. Não acende a luz quando entra no banheiro. Não consegue rir de uma piada.

Esse véu, ele o sente por todo seu corpo. Ele deveria parar. Preservar aqueles que o amam de um espetáculo lamentável. No entanto, ele participa da prova. Ao lado de Alex e de Yoyo, seus dois mosqueteiros. Sob o olhar de Alban, o mágico. Na frente de seus irmãos, de sua irmã, de seus pais, que vieram da Argélia. Ele participa como um autômato, guiado por uma força que lhe escapa. Ele não ouve o clamor que percorre as arquibancadas, nem os arrebatamentos do locutor desvairado. Ele mergulha em si mesmo, impermeável ao mundo que o cerca. Como uma crisálida prestes a eclodir.

    Alex concorre em nado livre, Yoyo em nado peito, ele em nado borboleta. Três vezes 100 metros, três estilos. Explosivos. De morrer. Em sua raia, ele se atira como se pulasse no vazio. E penetra naquela água que lhe resiste. Seus braços ardem. Se dilaceram. Ele recupera os próprios olhos, os verdadeiros, que atravessam a parede de chegada.

    Ele mostra a língua.

    Recorde mundial.

    Para vocês, meus dois amores.

Epílogo

Três anos depois de voltar dos campos, aos 33 anos, Alfred Nakache se qualifica para os Jogos Olímpicos de Londres. Primeiros jogos do pós-guerra, numa cidade que ainda carrega as cicatrizes da resistência ao nazismo. Cinco mil atletas são esperados, 10 mil a mais do que em 1936, em Berlim. Para Alfred, esses jogos têm o gosto da vida que volta ao normal, ainda que a dor esteja inscrita para sempre em sua carne e uma nova geração de nadadores se imponha nas piscinas. Especialmente Alex Jany, seu protegido do Clube dos Golfinhos.

Em 5 de agosto de 1948, na Empire Swimming Pool, Alfred se posiciona para as quartas de final dos 200 metros peito. Seu nado é um modelo de potência e habilidade. Segundo da série, todo mundo o vê alcançando o ouro. Mas Artem leva longos minutos para sair da água. Ele sente cãibras nas pernas, demora para se recuperar, segura a própria coxa. Ele decide que as semifinais serão sua última aparição nas piscinas. Naquele dia, suas preocupações se confirmam. Seu corpo o abandona. Nem pódio nem medalha, mas um público impressionado e o respeito unânime da imprensa.

Aqueles jogos, decididamente, não sorriram para a França. Alex Jany, o pequeno prodígio do nado livre, que se esperava no topo do pódio, perde sua chance. Ele erra as viradas nos 100 metros e nos 400 metros crawl. "O que vocês querem", Alfred logo o defende, "as piscinas não estavam aquecidas no inverno passado. É impossível treinar direito nessas condições." Reconforto paterno que não convence muita gente, mas que revela a imensa benevolência de Artem. Yoyo, por sua vez, salva a própria honra: Georges Vallerey consegue o bronze nos 100 metros costas.

Alfred Nakache decide ir para longe. Ele se muda para a ilha de La Réunion, onde dá aulas de esporte em escolas, por vários anos. Ele conhece Marie, que lhe devolve o sorriso e um pouco de fé no futuro. Em seu retorno à metrópole, ele deposita suas malas em Sète, numa casa de pescadores perto da orla.

"É lá que ele recebe os seus, no mês de agosto, para uma grande refeição de sardinhas na brasa, mostrando suas medalhas num ambiente alegre, pois, acima de tudo, ele amava a vida", dirá sua sobrinha Yvette Benayoun-Nakache.

Dos campos de extermínio, ele raramente fala. De religião, menos ainda. Todas as manhãs, ao nascer do dia, ele atravessa a nado a baía de Cerbère, última pequena cidade mediterrânea antes da Espanha. Mais de mil metros percorridos como um ritual, em nado peito ou crawl.

É durante uma dessas travessias, no dia 4 de agosto de 1983, nas águas que acompanharam toda sua vida, entre alegrias e tragédias, que ele sofre um infarto. Aos 67 anos.

No túmulo onde hoje descansa, no cemitério marinho Le Py, no município de Sète, os nomes de Paule e Annie estão gravados ao lado do seu.

*

Em 12 de março de 2021, o governo francês publica uma lista das 318 personalidades representativas da história da diversidade francesa. Os prefeitos são convidados a utilizá-la para nomear ruas, avenidas, praças e prédios públicos. Entre essas mulheres e esses homens encontramos Alfred Nakache. "Além de ser um atleta de ponta", escrevem os membros da comissão, "Nakache é um exemplo de fraternidade e engajamento."

Na apresentação desses "Portraits de France", Emmanuel Macron saúda os "heróis" dessas "histórias fragmentadas, fraturadas". Personalidades que "contribuíram para nossa história, mas que ainda não conquistaram um lugar em nossa memória coletiva".

O que aconteceu com eles?

O*s deportados do comboio 66*
Dos 1.153 deportados do comboio 66, apenas 45 sobreviveram.

Gérard Avran
Gérard Avran nasceu em 10 de abril de 1927, em Colmar. Ele se muda com toda a família para Marselha, em dezembro de 1940. Em 10 de novembro de 1943, é preso com o irmão Pierre, a irmã Mireille e a mãe Rose. Seu pai já fora capturado. Todos são levados para Drancy e deportados para Auschwitz no comboio 66. Na chegada, Rose e Mireille são imediatamente assassinadas. No campo, Gérard faz amizade com Alfred Nakache. Em janeiro de 1945, a "marcha da morte" o conduz ao campo de Mauthausen. Com a libertação, ele se torna técnico de cinema e diretor de filmes escolares. Aos 73 anos ele decide deixar um testemunho do que viveu, lembrando que, "dos cinco da família, foi o único a voltar vivo de Auschwitz". (www.contreloubli.ch)

Jean Borotra
    Vencedor do torneio Roland Garros de 1931, membro da equipe francesa da Copa Davis, esse politécnico, membro da Croix de Feu, se torna comissário-geral dos Esportes no governo de Vichy, sendo mais tarde destituído por selecionar Alfred Nakache para uma turnê à África do Norte. Perseguido pela Gestapo, é detido e preso no castelo de Itter, no Tirol austríaco. Libertado em maio de 1945, não sofre nenhum processo por parte da Alta Corte de Justiça. Borotra morre em 17 de julho de 1994, aos 95 anos.

Jacques Cartonnet
    Refugiado em Sigmaringen, no sul da Alemanha, ele é condenado à morte por contumácia e colaboração pela Corte de Justiça de Toulouse, em 19 de março de 1945. Preso em Roma, o ex-campeão de natação, que se tornara miliciano, consegue operar uma fuga espetacular, pulando, durante a decolagem, do avião militar que o repatriaria para a França. Cartonnet é preso novamente pelos italianos em novembro de 1947. Mas seu rastro é definitivamente perdido. Alfred Nakache sempre atribuiu a seu rival sua denúncia à Gestapo.

Cheikh Raymond
    Nascido em Constantina no ano de 1912, de pai judeu e mãe católica, Raymond Leyris, ou Cheikh Raymond, se torna o mestre inconteste da música árabe-andaluza, atingindo um nível inigualável de erudição e força criativa. Em 22 de junho de 1961, é morto com um tiro na nuca num mercado de sua cidade natal. Seu assassinato desencadeia

a saída dos judeus de Constantina. Na França, seu aluno Gaston Ghrenassia, violonista de sua orquestra, fará carreira com o nome de Enrico Macias.

Willy Holt
Filho de pai americano e mãe francesa, esse desenhista de talento se torna, ao voltar para Paris, cenógrafo cinematográfico. Indicado ao Oscar por *Paris está em chamas?*, em 1987 ele recebe o prêmio César de melhor cenografia por *Adeus, meninos*. Willy Holt morre em 22 de junho de 2007.

Alex Jany
Como Alfred Nakache previra, Alex Jany se torna um grande campeão. Especialista em nado crawl, ele conquista 26 títulos de campeão francês, quinze recordes europeus, sete recordes mundiais e duas medalhas de bronze no revezamento 4 x 200 metros de nado livre nos Jogos Olímpicos de 1948 e 1952. Ele morre no dia 18 de julho de 2001.

Noah Klieger
Depois de Auschwitz, Klieger sobrevive ao inferno do campo de Dora. Seus pais, Abraham e Esther, também voltam vivos dos campos. Em 1947, ele participa da guerra pela independência de Israel junto com a tripulação do *Exodus*. Vivendo em Tel Aviv, Klieger se torna um grande jornalista esportivo, correspondente regular das revistas *L'Équipe* e *France Football*, e eleitor, todos os anos, do prêmio Bola de Ouro. Ele morre em 13 de dezembro de 2018.

Léon Lehrer

Nascido em Paris em 1920 de pais judeus refugiados da Romênia, Léon Lehrer cresce em Montmartre. Aos doze anos, torna-se aprendiz de eletricista, enquanto sua mãe sonha em vê-lo chazan de sinagoga.

Léon é preso em Toulouse em 26 de novembro de 1943, junto com a irmã Louise. Os dois são transferidos para Drancy, em 16 de dezembro. No dia seguinte, Louise é deportada para Auschwitz. Léon se beneficia, na qualidade de eletricista, de uma situação de semiliberdade dentro do campo de Drancy, mas escolhe ir ao encontro da irmã no comboio de 20 de janeiro de 1944. Com a cabeça raspada e tatuado, Léon é integrado a um *kommando* encarregado de prolongar a rampa de acesso a Birkenau, depois se faz passar por engenheiro elétrico e integra um *kommando* de trabalho composto por franceses dentro da fábrica de borracha sintética do campo satélite de Buna-Monowitz.

Ele sobrevive à "marcha da morte" de janeiro de 1945, que o conduz ao campo de concentração de Buchenwald. Transferido no início de março para a fábrica de Sonneberg, depois evacuado pela SS, ele integra uma coluna libertada pelo exército americano no interior bávaro. Ele é repatriado para Paris, por avião, de Duisburgo. Diante da incompreensão e da indiferença de seus próximos, silencia sobre sua experiência por mais de cinquenta anos. Alguns anos antes de morrer, em junho de 2010, aos noventa anos, Léon Lehrer diz: "Quero continuar testemunhando, para que os jovens compreendam a barbárie dos nazistas".

Étienne Mattler

Capitão da seleção francesa de futebol, o jogador e treinador do FC Sochaux Étienne Mattler, "o desobstrutor", nasce em Belfort no dia 24 de dezembro de 1905. Ele participa das três primeiras Copas do Mundo e vence, com seu clube, dois campeonatos franceses, em 1935 e 1938. A partir de 1942, ele se engaja na Resistência e recupera armas lançadas de paraquedas pelos Aliados. Ele é preso em fevereiro de 1944 pela Gestapo e encarcerado por três meses. Torturado, não revela nada. Sua filha conta que "para se dar coragem e provocar os alemães, ele usava um casaco esportivo da seleção francesa". Mattler foge para a Suíça em maio de 1944. Dado como morto em setembro por vários jornais, ele reaparece como *maréchal des logis* [sargento] nas forças do marechal Lattre de Tassigny. Depois de uma última temporada em Sochaux, em 1946, ele abre um bar-tabacaria em Belfort. Étienne Mattler morre em 23 de março de 1986, aos oitenta anos.

Alban Minville

Treinador emblemático dos Golfinhos de Toulouse, muito admirado pelos nadadores, ele acompanha os sucessos de Christian Talli, Alfred Nakache, Alex Jany, Georges Vallerey e também de Jean Boiteux. Especialista no nado borboleta, ele define seus movimentos, inova em matéria de duração dos treinos, de ritmo da prova e de musculação fora das piscinas. Ela dá nome a um complexo cultural em Toulouse.

Jean Taris

Apelidado de "o rei da água", modelo absoluto para Alfred Nakache, que treina a seu lado em Paris, esse nadador de crawl bate oito recordes mundiais de nado livre entre 1930 e 1932. Ele é o primeiro nadador francês a nadar abaixo dos 60 segundos nos 100 metros. Jean Taris é um dos precursores do "nado alternativo": respiração direita-esquerda alternada por ciclos de três movimentos. Ele é vice-campeão olímpico nos 400 metros de nado livre nos Jogos Olímpicos de Los Angeles, em 1932. Taris morre em Grasse, em 10 de janeiro de 1977.

Georges Vallerey

É no porto de Casablanca que Georges Vallerey, conhecido como Yoyo, aprende a nadar sob o olhar atento do pai, também chamado Georges e antigo campeão de natação. É também no porto de Casablanca, em 8 de novembro de 1942, dia do desembarque dos americanos, que Yoyo socorre mais de cinquenta marinheiros franceses. Ele tem apenas quinze anos. Assim começa uma extraordinária carreira de campeão, que bate, em 1945, os recordes europeus dos 100 e 200 metros costas, e obtém no ano seguinte, ao lado de Alfred Nakache, o recorde mundial do revezamento 3 x 100 metros, 3 estilos. Ídolo do público francês, grande sedutor, em 1950 ele sofre de uma nefrite que o faz engordar anormalmente e o impede de nadar. Em 4 de outubro de 1954, apesar de todos os tratamentos por que passa, Georges Vallerey morre em Casablanca, aos 26 anos.

Robert Waitz

Filho de um médico de origem russa e de uma professora de ciências naturais, Robert Élie Waitz é professor titular da Universidade de Estrasburgo. Membro da Resistência, ele é deportado para Auschwitz, depois para Buchenwald, ao lado de Alfred Nakache.

Waitz é designado para o bloco 46, unidade de experiências onde o tifo é inoculado em indivíduos saudáveis. Na Libertação, ele volta para Estrasburgo, onde se torna um especialista em transfusão de sangue. No julgamento de Nuremberg, testemunha sobre as experiências médicas feitas pelos nazistas.

Em abril de 1967, durante a inauguração do Monumento Internacional de Auschwitz, Waitz pronuncia as seguintes palavras: "Vocês, jovens de hoje, não devem esquecer o que a guerra, o totalitarismo, a negação do ser humano, o desencadeamento do ódio racial, do sadismo e de todos os instintos mais baixos provocam. Combatam sem descanso essas forças ruins. Pois a todo momento o neonazismo, o racismo e o antissemitismo reaparecem. Sejam vigilantes, pois milhares de criminosos de guerra seguem impunes".

Robert Waitz morre de infarto em 21 de janeiro de 1978.

Nota do autor

Foi por meio de um breve artigo que anunciava, em 2019, a entronização de Alfred Nakache no panteão mundial da natação, na Flórida, que descobri a existência desse grande e esquecido campeão francês, a tragédia que ele viveu e também sua força vital inaudita. Uma "vida na contracorrente", como noticiou um jornal vespertino. Mergulhei nos raros textos que mencionavam o "nadador de Auschwitz", nas obras de campeões que nadaram a seu lado, nas memórias dos deportados que o conheceram em Auschwitz.

Para escrever, me deixei guiar pelo que Artem me inspirava ao longo dessas leituras. Neste "romance real", os diálogos, algumas situações (seu encontro com Paule, em especial) e alguns personagens secundários foram criados por mim para dar corpo ao relato. As citações a respeito de Alfred Nakache (panfletos, artigos na imprensa) são autênticas. Bem como os acontecimentos importantes de sua vida, aqui retraçados e colocados em cena:

- a juventude em Constantina e seu medo da água;
- a rivalidade com o nadador antissemita Jacques Cartonnet;

- as conquistas esportivas, os Jogos Olímpicos de Berlim, os ataques na imprensa, o boicote dos amigos Golfinhos depois de sua eliminação do clube, a prisão e a deportação para Auschwitz com a mulher e a filha;
- a prova do punhal, os desenhos eróticos de Willy Holt, os mergulhos clandestinos na companhia de Noah Klieger, os testemunhos de Gérard Arvan e Léon Lehrer, a marcha da morte e execução do boxeador Young Perez, o encontro com Roger Foucher-Créteau em Buchenwald e seu "caderno-recordações";
- o retorno a Toulouse quando todo mundo o acreditava morto, o anúncio da morte de Annie. E o último recorde mundial, em Marselha, como uma afronta ao destino.

Espero que este romance, à sua maneira, contribua com o dever de memória e de vigilância, mais do que nunca necessário, diante do antissemitismo e de todas as formas de racismo.

Bibliografia

ABGRALL, Fabrice; THOMAZEAU, François. *1936, la France à l'épreuve des Jeux olympiques de Berlin*. Paris: Alvik Éditions, 2006.

BAUD, Daniel. *Alfred Nakache, le nageur d'Auschwitz*. Toulouse: Loubatières, 2009.

BENSOUSSAN, Georges; DIETSCHY, Paul; FRANÇOIS, Caroline; STROUK, Hubert (org.). *Sport, corps et sociétés de masse. Le projet d'un homme nouveau*. Paris: Armand Colin, 2012 (coleção Recherches).

BROHM, Jean-Marie. *1936. Jeux olympiques à Berlin*. Bruxelas: André Versaille, 2008.

CLASTRES, Patrick (org.). *Le Sport européen à l'épreuve du nazisme*, catálogo da exposição do Mémorial de la Shoah, 2011.

DICALE, Bertrand. *Cheikh Raymond, une histoire algérienne*. Paris: First, 2011.

FOUCHER-CRÉTEAU, Roger. *Écrit à Buchenwald. 1944-1945*. Paris: La Boutique de l'Histoire, 2001.

GOMET, Doriane; BAUER, Thomas; MORALES, Yves. "Alfred Nakache, des bassins olympiques au couloir de Drancy. Analyse socio-historique de la carrière d'un champion (1934-1944)".

In: MUNOZ, Laurence (org.), *Usages corporels et pratiques aquatiques du XVIIIe au XXe siècle*. Paris: L'Harmattan, 2008.

HOLT, Willy. *Femmes en deuil sur un camion*. Paris: Nil Éditions, 1995.

KLIEGER, Noah. *Plus d'un tour dans ma vie!* Jerusalém: Elkana, 2014.

LEHRER, Léon; ZAK, Sonia. *Un poulbot à Pitchipoï*. Paris: Causette, 1998.

Lettres de Drancy, textos reunidos e apresentados por Antoine Sabbagh. Paris: Tallandier, 2002 (coleção "Texto", 2019).

MITTERRAND, Frédéric. *1939, l'œil du cyclone*. Paris: XO, 2022.

NAHUM, André. *Young Perez champion. De Tunis à Auschwitz, son histoire*. Paris: Télémaque, 2013.

PORTHERET, Valérie. *Vous n'aurez pas les enfants*. Paris: XO, 2020, prefácios de Serge Klarsfeld e Boris Cyrulnik (coleção Pocket, 2021).

POURCHER, Yves. *Brasse papillon. Le roman d'un collabo*. Marselha: Gaussen, 2021.

SPRAWSON, Charles. *Héros et nageurs*. Bruxelas: Nevicata, 2019.

TARIS, Jean. *La Joie de l'eau. Ma vie, mes secrets, mon style*. Paris: Les Œuvres françaises, 1937.

WIEVIORKA, Annette; LAFFITTE, Michel. *À l'intérieur du camp de Drancy*. Paris: Perrin, 2012.

Documentários

LASHÉRAS, Thierry. *Nage libre*, France 3 Occitanie, 2019.

MEUNIER, Christian. *Alfred Nakache, le nageur d'Auschwitz*, com a voz de Pierre Arditi, 2001.

VIGO, Jean. *Taris, le roi de l'eau*, Gaumont, 1931.

Agradecimentos

Obrigado a meus editores pela confiança.

A Édith Leblond, que me incentivou a escrever este romance.

A François-Guillaume Lorrain e Paul Dietschy pelos úteis conselhos de leitura.

A Damien Naddéo e Pascal Aznar – assessor de imprensa e nadador emérito – pela energia colocada em torno deste livro.

Obrigado a toda a equipe da Archipel.

Obrigado a meus próximos – eles saberão quem são – pela escuta e pelo afeto, tão preciosos.

lepmeditores
www.lpm.com.br
o site que conta tudo

Impresso na Gráfica BMF
2023